Sophia
作 品 集
03

Sophia
作 品 集
03

流轉，愛

REDEMPTION OF LOVE

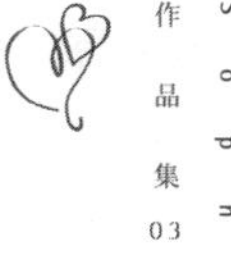

Sophia
作品集03

by Sophia

她的笑怎麼會如此哀傷呢？

徐子凡安靜地凝望著她唇角揚起的弧度，誰也沒有說話，他想，所謂的疼痛也就是這麼一瞬間的事，愛也是，恨也是。

瞬間。

他想著。瞬。間。他費力的想著。

於是他閉上眼，想著她的笑，明明就站在眼前的她卻只能在幽黑的記憶之中想像著，他緊緊抓握著掌心，害怕自己伸出手，害怕自己貪求任何的可能。

然而當他睜開眼，迎上她已經不在的風景，他終於明白，跨越了那最疼痛的瞬間之後，人還是會覺得痛。非常的痛。

01

空氣中飄動著雨的氣味。

韓凜將抱在手中的書勉強塞進後背包，接著把背包抱在懷裡，儘管距離宿舍只有十分鐘的路程，但沒有人能夠預想下一秒雨會不會就這麼傾盆而下。

於是她加快了腳步，嗅聞著逐漸濃重的氣味，屬於雨的，一種潮濕而透著悶滯的味道；韓凜並不討厭雨，卻不喜歡台北的雨，跟空氣汙染沒有關係，純粹只是在這種時刻特別強烈提醒著她，自己並不屬於這裡。

即使在台北生活了將近三年，她卻始終無法擺脫如此的不融入，她總想著故鄉，不遠處的故鄉，有著豐沛雨水的故鄉。

明明那麼想逃離卻又反覆的想起，偶爾她會感覺存放於自己體內的矛盾濃稠到讓她難以移動，用著比其他人更費力的姿態拖行，即使如此，或者該說正因為如此，她更努力的維持與其他人無異的步伐。

韓凜輕輕吁了口氣，彷彿試圖吐出體內含帶著悶滯的空氣分子，卻在下一秒鐘又攝入更多她想擺脫的氣味。人生總是這樣。她想著。越是努力迴避，越是無法迴避。

迴避。

無論是感情。或者現實。

現實。

當身體騰浮在半空中的短暫瞬間，幾乎非現實的畫面之中她反覆想著現實這兩個字的意涵，想著，卻還沒有辦法理解。

直到她的身體被狠狠摔落在地面上，空白的陷落之後，瞬間，什麼也捕捉不到的、極其倏忽的瞬間，劇烈的疼痛攫獲她的知覺，殘留著午後溫度的柏油路飄送難聞的氣味，幾乎貼合地面的視線前方是同樣貼地的背包。

原文書。她大概沒想到自己第一個念頭想到的會是背包裡的原文書。

「妳還好嗎？」

陌生的男聲竄進她的意識，韓凜轉過頭，看見一抹帶著焦急的身影趨向自己，他蹲在韓凜身側，又說了些什麼，韓凜沒有仔細聽，但她終於完全接收了現實。

機車。擦撞。無論過程是什麼，總之是這麼簡單乾脆的一件事。

「我沒事。」

「我送妳去醫院吧。」

韓凜掙扎著身子，男人溫熱的掌心貼上她的背將她扶起，疼痛再度在她體內竄動，她發現自己裸露在外的肌膚顯得有些狼狽悽慘，也許這是男人焦急的原因之一，她稍微動了動手腳，除了痛之外並沒有任何困難，她這麼對男人說，但對方卻堅持帶她到醫院。

「如果擔心我居心不良，打電話叫救護車也可以。」

「我沒事。」

韓凜的聲音還沒完全飄散雨就忽然落了下來，以猛烈的、不帶任何預告的姿態撲打在她和他的身上，痛，非常的痛，她幾乎要哭了出來，也許已經哭出來了也說不定，他抱起韓凜，以盡可能快的速度奔跑到最近的騎樓下。

屬於雨的觸感，屬於男人的溫熱，屬於傷口的疼痛，揉合在韓凜的知覺之中，她輕輕喘息，忍受著濕濡以及摩擦而加劇的痛楚，她隱約察覺到，心跳過於快速的這個男人，非常的焦急。

為了陌生的自己而微微顫抖著。

「我沒事。」韓凜不知道男人有沒有聽見自己的聲音，也許有，又也許被雨聲吞沒，但她想，必須讓他聽見，於是在他停下腳步之後，她又說了一次，「我沒事。」

我沒事。

她的聲音讓徐子凡感到輕輕的顫動，我沒事，踏離雨的瞬間卻像一腳踩進她的溫柔一樣，他知道自己心神太過不定，對於自己造成的事故，不僅僅是眼前的畫面，無論多麼用力都無法剝除，被稱之為過去的記憶就是這麼頑強的黏附在女孩的身上。

即使擦撞的力道並不太大，即使女孩沒有太過劇烈的痛楚，但不安的晃動仍舊自徐子凡體內深處傳來，他不自覺收緊了手，低下頭他看見女孩皺起的眉，視線接著落在她濕漉漉的身子，鮮紅的傷口在雨的覆蓋之下顯得更加怵目驚心。

「還是去一趟醫院比較好。」

徐子凡放軟的語調裡揉合著某些強勢的氣味，她輕輕嘆了一口氣，彷彿放棄掙扎，又像是放棄接下來幾個小時的時間。

「在那之前，可以先幫我把包包撿起來嗎？」

順著她的聲音，徐子凡的目光滑向沉默躺在柏油路面上的紅色背包，在陰鬱的背景映照下顯得太過突兀的存在，忽然，他感到些許帶著悵然的恍惚，如同一種隱晦卻尖銳的隱喻。

「你有聽見嗎？」

「嗯。」

接著他輕緩的放下懷中的女孩，踏出騎樓，踩進雨，一步一步的，走向不遠處的那抹紅。

除了雨的聲音他什麼也聽不見。

瀏海有些過長的醫生說了兩次「沒有大礙」之後，徐子凡懸著的不安稍微貼地一些，安靜注視著護士有些粗魯的動作，她的眉心緊緊聚攏，咬著唇像是為了避免自己發出屬於疼痛的聲音，有好幾次他想請護士放輕動作卻又忍了下來，有一種類似於框架的什麼強烈的警告著他，這不是他能夠涉入的範圍。

至少在她喊痛之前。

然而徐子凡的手卻在那膨脹的無聲之中緩緩覆蓋上她抓著短褲的左手，她沒有反抗，或許光是忍耐就耗去她所有的氣力，她甚至沒有望向他。

這一點讓徐子凡感到些微的感激。

「好了。」護士介於溫柔和事務性的聲音稍微提醒了他，於是他收回了手，「盡快換衣服，喝點會讓自己暖和的東西，妳暫時沒辦法洗熱水澡，所以要更小心感冒。」

「嗯。」

拿了藥之後兩個人以相當沉默並且緩慢的速度走向大門，雨還在下，激烈的下著，他讀不出她臉上的表情，但並不是毫無表情，只是相當隱晦、或者邊緣性的，能夠察覺卻不夠強烈到能夠辨識。

徐子凡手裡還提著她浸了水變得異常沉重的紅色背包，現實裡的重量迫使他重新整理狀況，關於賠償或者相關的事項，儘管會讓兩個人之間的關係瞬間彈跳到最現實而不帶感情的兩側，然而她和他起初便是毫不相關的陌生人，越是現實的關係越能使人清醒。

「因為是我造成的意外，所以——」

「既然打算要負責就不要用這麼愧疚的聲音，」她說，沒有回頭，徐子凡就這麼張望著她的側臉，「愧疚這種感情，是因為知道沒有辦法彌補而感到無能為力才衍生出來的產物，我和你之間，並沒有這類無法彌補的事物存在。」

「但如果我更加小心一點，妳就不會受傷，甚至不會濕漉漉的站在醫院門口。」

「事故，或者意外，不是都這樣嗎？」忽然她回過頭輕輕的揚起笑，「雖然覺得自己很倒楣，但是你也沒有好到哪裡去，至少，該擔心對方的身體、對方的感情或者考慮後續責任問題的人並不是我。」

「妳——」

「這麼說只是表示我在感情上沒有責怪你的意思，但實質上的賠償還是需要的。」

「我知道，但還是很抱歉，特別是讓妳承受這樣的疼痛。」

疼痛。

她仔細注視著這個男人，疼痛，無聲喃唸著這個從他口中投擲而出的詞彙，肌膚上瀰漫著微微的刺痛，儘管她一直都在忍耐著，然而直到這一刻，她才感受到真正的疼痛。

滲進那個她甚至不願意碰觸的深處。

「短時間之內雨大概是不會停了。」她將視線拉回這場大雨，黏附在肌膚上的藥劑混合著水氣讓她感到非常的難以忍受。「我要回去了，給我你的聯絡方式。」

「我送妳回去。」

想說些什麼但最後她沒有拒絕，韓凜想起他的機車還停在兩人擦撞的路旁，於是便由著他攔下醫院門口的排班計程車，在他替自己開門之後緩慢鑽進後座。

「到學校門口就好。」

「好。」

在他的應允之後，她聽著他和司機的簡短對話，忽然感覺冷意攀附上自己的意志，手肘輕輕觸碰到擺放在兩個人之間的背包，書應該濕得差不多了，韓凜對於書的在意反而多過於自己身上的傷，但她沒有打算現在確認課本的狀態，也許看見慘狀之後身旁的這個男人又會想要一併負責。

對於有人願意擔負責任這件事確實能夠讓人感到輕鬆，她也沒必要過於在乎一個陌生人的能力或者負荷，只是在聽見他以那樣慎重的口吻說出「疼痛」兩個字之後，她就顧慮起他的感情了。

「我的聯絡方式。」

徐子凡遞給她一張半乾或者半濕的紙，大概是從筆記本上撕下的，工整的字跡寫著他的姓名和電話，甚至連學校系所和學號都寫上了。

「為了證明我不會逃跑。」

他靦腆的笑了，從事故發生以來她都感覺他相當的成熟，儘管帶著焦慮的神情卻冷靜地進行適當的動作，所以對於他的印向偏向於一個男人，然而這一瞬間，在微笑的晃漾之中他顯得太過青澀而純粹。

「韓凜。」

「嗯？」

她揚了揚手中的紙張，「至少要記下受害者的名字吧。」

「那、可以給我電話嗎？」

「不可以。」

司機緩慢將車開到路邊，她抓起充滿重量感的背包，乾脆的打開車門，在關起門之前她回過頭，接著在闔起門的動作之中她愉快的笑了。

徐子凡沒有看清她的笑，卻瞥見她一閃而過的愉悅。

「同學你要下車嗎？」

「嗯……」

「要下車就快點，人家女同學都快不見人影了。」

迅速的付了錢之後他踏出車外，雨依然下著，邊往前奔跑他一邊想著她上了藥的傷口，他到底沒有追上她，將移動打住於「男賓止步」之外，張望著她逐漸遠去的背影。

稍微乾了一些的衣服又再度濕得徹底，幾個從他身旁走過的女學生望了他幾眼，一個綁著馬尾的女孩問他需不需要傘，他低聲道謝之後乾脆的拒絕了。

「是徐子凡沒錯吧？」

「嗯。」

他抬起頭，女孩稍微往前一些替他擋去不斷打落的雨，她將一把藍色折疊傘遞給他，揚起和韓凜截然不同的微笑。

「傘。」她的聲音交錯著雨的聲音，迴盪在傘之中的這狹小空間裡。「不用還，韓凜說她會一併算在賠償裡。」

對於女孩口中滑出韓凜的名字他感到有些怔忪，她其實知道自己跟在她身後卻始終沒有回頭；然而沒有回頭的她卻讓另一個人交給他一把傘。

他不是很明白。

「謝謝。」最後徐子凡也只能這麼對著眼前的女孩說。

02

他又看了一次手機。

雨連續下了三天之後終於放晴，以一種相當強烈的方式宣告，徐子凡拭去額際沁出的汗水，索性將手機扔進後背包，但音樂聲卻突然從後背包深處傳了出來。

當他翻找出手機之後，彷彿經過精準計算一般，音樂聲戛然斷卻，景佑，他確認了來電顯示，難以說明此刻混著失落與鬆一口氣的複雜心情。

「失望嗎？」

瞬間聲音的來源他抬起頭，迎面走來的是揚起爽朗卻戲謔的笑的友人，「什麼時候來的？」

「在你還盯著手機看的時候。」

「所以──」

「嗯，想知道你等的是不是我的電話。」張景佑拉開他對面的椅子，「實驗證明，不是。」

「我以為你今天不會來。」

「迅速乾脆的解決了會議，就為了見你，沒想到一踏進這裡，映入眼簾的是讓人傷心的畫面。」

「我以為你念的是外文系不是戲劇系。」

「具備多元專長比較有競爭力。」像是為了反映門外炎熱的天氣，他旋開水瓶瓶蓋喝了一大口水，「在等誰電話？背著我拈花惹草嗎？」

「說了一千萬次了，我跟你不是那種關係。」

「我對傲嬌的你特別有寬容心，所以你下次可以放心的說第一千萬零一次。」

「算了。」

徐子凡放棄掙扎般的吐了口氣，坐在他正對面用手托著下巴的男人愉悅的笑了，他突然想起這是在事故之後第一次見到張景佑。

儘管學校不同並且距離了三十分鐘的車程，但兩個人的友情並沒有因此淡卻，反而像是交往一樣穩定的在週三見面，偶爾念書偶爾玩樂，即使哪一方有了戀愛關係也沒有太多改變；他知道，他和張景佑之間的友情並不能以「死黨」簡單概括，事實比這複雜多了。

表面上看似不拘小節、相當爽朗的張景佑，才是顧慮比較多的那一方。每當意識到這一點，徐子凡就感到深深的愧歉，明明是自己應該承擔的部分，卻讓張景佑背負起絕大多數的重量。

他想過，排除萬難也要見面的週三，或許也是張景佑為了讓自己反覆確認「他過得非常好」；然而沒辦法確認，因為在他和他之間，徐子凡跨越不出這一步。

「所以呢？」

「前幾天在你們學校附近撞到人，在等對方的電話。」

「你沒受傷吧？」

「嗯，傷都在對方身上。」他精準的捕捉到張景佑一閃而過的擔憂，不是對於「對方受傷」這個事實，而是「只有對方受傷」這樣的敘述，於是他用著相當輕鬆甚至帶著笑語的口吻進行說明，「只是擦傷而已，不過好像很痛的樣子，還淋了雨，對方大概會開出天價的精神賠償吧。」

「用身體還吧。」張景佑擠出極其做作的沉痛表情，表示同情的拍了拍他的肩，「這也是沒辦法的事。」

「念書吧你。」

「放心，我會保守秘密的。」

「比起關心我，倒不如去找個女人關心。」

「真可惜，目前我的身邊沒有一個女人能夠比得過你。」

「真不知道該為那些女人感到慶幸還是替自己感到哀傷。」

「你說反了，該哀傷的是那些女人，而你，應該要感到非常的慶幸。」

「我和你看見的世界似乎處於極端的兩個面向。」

「也許。」張景佑認真的點了兩下頭，由於姿態過於認真反而突顯了他的戲謔，「所以才會像N極和S極一樣強烈的受到彼此吸引。不顧一切的。」

張景佑在「不顧一切的」這幾個字上斷句斷得相當強而有力，強烈到擊潰了徐子凡回話的意志，他們兩個人的對話大抵是這樣的模式，在某個高點應聲劃下句點，而那句點無法長久的放置在頂端，在晃動之後便從陡坡滾落，最後停在徐子凡腳邊。

徐子凡無奈又好笑的望了他一眼，索性低頭將注意力集中在面前的講義上，張景佑扯開與戲謔無關的淺笑，也從背包裡拿出課本和文具，比起自己，他更希望徐子凡能夠有「特別關心」的女孩。

從那個時期起，徐子凡對待自己的態度有了微妙的改變，即使彼此都小心翼翼的避免觸及這個事實，但那畢竟是堅實存在的現狀，所以他也清楚無論多麼努力都沒有用處；偶爾他會對這一切感到相當遺憾，關於自己，關於徐子凡，但那也只是遺憾，而不包含著後悔。

如果重來一次，他依然會採取相同的動作。

「不要一直盯著我看。」

「沒抬頭也知道我在看你，看來你也不是普通的愛我。」

徐子凡嘆了一口氣，除了裝作沒聽見之外也沒有其他選擇了。

韓凜終於按下那組陌生的號碼，站在宿舍交誼廳角落的窗邊，她等著電話接通。其實她從頭到尾都沒有想要聯絡徐子凡，雖然她花了整整一個晚上才把原文書吹乾，又灌了兩天的熱薑茶才勉強驅除感冒的可能，還必須忍受大範圍擦傷的疼痛，但她沒有想要任何賠償，不是因為寬容，而是覺得沒有必要。

但現在似乎沒有辦法了。

昨天忍著痛去打工，儘管只是皮肉傷，但過於頻繁的移動與摩擦仍舊讓她難以專注，動作變慢非常多，甚至送錯了幾次餐，因為是生意相當好的店，縱使店長非常寬容，卻也委婉的提醒了幾次。

她穿著長袖，沁出的汗水覆蓋上肌膚時更是刺骨的痛，韓凜知道一旦店長得知她受了傷，必定會擔心的要她休息；但上個星期才有工讀生離職，連調班都沒辦法的狀況下，她實在說不出口。

雖然嘉綺能夠替她代班，卻仍舊有兩個時段無法填補，就算不願意再度將對方牽扯進自己的生活，韓凜也無法否認他是自己能夠請託又同時不那麼歉疚的對象。

於是她在猶豫之後終於下定決心。

並且在她的猶豫還來不及在連續的響音之中膨脹到足以掛斷的程度之前，電話被接通了。

「喂？」

韓凜忽然發現，電話另一端傳來的聲音和她的記憶有著些微的落差，也許是傳遞必然的失真，又也許周旁太過安靜，迫使她必須異常仔細的聆聽。

「我是韓凜。」

「啊、我一直在等妳的電話——」

我一直在等妳的電話。他懇切的語調讓韓凜的感情有微微的顫動，但那不是為了她，韓凜知道，並且提醒著自己，她和他是肇事者和受害者這樣簡單並且無須投入感情的關係。

於是在他拋擲出更多的什麼之前，韓凜截斷了他的接續。

「這兩個星期的星期二下午和晚上有空嗎？」

「星期二……等我一下。」她聽見類似紙張摩擦的聲響，徐子凡正以盡可能快的速度確認著自己的行事曆，沒有辦法解釋但他總感覺電話另一端醞釀著斷線的氣氛，「我沒有課，也沒有其他的事。」

徐子凡忽然慶幸自己的行事曆上的空白，彷彿明白必須如此他和她的對話才有接續的可能，這是必須的前提。

「因為擦傷的關係沒辦法流暢的工作，所以，在恢復到一定程度之前，希望你能代替我去打工。」

「打工？」

「嗯，只是一般的複合式餐飲店，雖然需要熟悉菜單，但應該不會有太大的問題。」她稍微停頓了一下，「你可以拒絕。」

然而徐子凡連一絲拒絕的念頭都沒有，甚至想著，比起簡單的金錢賠償，她提出的要求讓他的感情更加踏實的落地。

「可以先告訴我時間和地點嗎？我先寫在行事曆上。」

韓凜輕輕吁了一口氣，徐子凡沒有聽見，他接收到的是短暫的空白，如同行事曆上什麼也沒被寫上的空白，韓凜不知道自己期望的是他的應允或者拒絕，但她接著和他約定了見面的時間地點。

「就這樣了。」

「嗯。」

徐子凡覺得自己應該說些什麼，又或者想說些什麼，但找不到適當的詞彙放置在她和他之間，並且在他開口之前韓凜先說話了。

「我掛電話了。」

沒有等他回應韓凜就切斷了電話，她不擅長說再見，也不清楚這樣的對話需不需要一個完整的再見，總之在彼此的尷尬過於膨脹之前她採取了相當不成熟的應對方式，她緩慢的轉身，安靜的在交誼廳的角落坐下，接著，緩慢的想起徐子凡被雨沾濕的側臉。

趴在書桌上，儘管這樣的姿勢會讓自己感到疼痛，卻像是為了更加深刻的記憶起身上正經歷的痛楚，韓凜毫無顧慮的將身體重量壓放在左手上，右手拿著藍色原子筆胡亂塗寫著計算紙。

宿舍裡只剩下韓凜一個人，在狹小卻又仔細被劃分為四個區塊的房間裡她總是感到不自在，儘管沒有可見的阻隔，身旁卻彷彿被拉上一道又一道斷然的界線；即便是和感情相當好的嘉綺，兩個人之間也不會貿然踩越，總是先以聲音作為開場，像是試探，等著對方發出「沒關係你可以過來」的訊號。

這樣沒有什麼不好，她知道，每個人都需要獨立空間，縱使四個人被迫分享一個房間，但無論多麼狹小仍舊希冀著只屬於自己的部分，只屬於自己，韓凜輕輕唸著這五個字，她不知道自己有沒有發出聲音，但體內清楚的震動著。

只屬於自己。

韓凜的思緒幾乎要纏繞上這五個字，不是被那字句纏繞，而是自己纏繞上那字句，她不很清楚這兩者的差別，卻感覺那之中帶有著某種斷然的、卻無法被詳實說明的差異。

接著電話響了。

一種類似於驚嚇的感情撞擊上韓凜，她愣了幾秒鐘，無論是多麼日常的存在，又或者跟那事實上是什麼樣的存在沒有絕對的關聯，意志上還沒有做好承接的準備，某個什麼就這樣朝自己扔擲而來。

稍微鎮定之後韓凜接起了電話，在自己發出聲音與對方回應之前的短暫空隙之間她感到些許的後悔，應該要先確認來電顯示，她總是習慣這麼做，不是為了準備自身的聲音，而是為了預設對方所處的位置。

「抱歉，突然打電話給妳。」

徐子凡的聲音柔軟卻堅定的傳遞而來，韓凜的視線筆直盯望著桌上的綠色迴紋針，明明剛剛才通過電話，卻有一種遙遠的感覺。

「有什麼事嗎？」

「應該要先問的，但一直懸在心上的事在妳打來的時候卻一片空白。」徐子凡的說明有些曖昧，卻沒有透露任何曖昧的意味，打從一開始他就給人相當柔軟卻冰涼的感覺，韓凜稍稍皺起眉心，揣想著適當的說明方式，但在那之前徐子凡又繼續說話，「妳的傷，還有繼續看醫生嗎？」

「不是那種程度的傷。」

「我知道。」他稍微停頓了幾秒，斟酌著接續的話語，「總感覺妳不太會在意那些傷口，雖然不是很嚴重的傷勢，但就算是再小的傷口，也還是會讓人感到疼痛，我只是覺得那不是妳應該承擔的部分，所以，就算少一秒鐘也好，希望妳的傷能好好的癒合。」

韓凜輕輕嘆了一口氣。

「不要有這種多餘的擔心，這是我的希望。」她說，「但還是謝謝。」

「無論如何，有需要幫忙的，都可以找我。」

「嗯。」

掛斷電話之後韓凜的視線仍舊鎖在綠色迴紋針上，眨了幾次眼，掌心還留有電話的熱度，她想起徐子凡輕輕貼放在她手背的掌心，在冷氣開得非常強的診療室裡他的溫度留下過於強烈的知覺，也許就是從那一瞬間開始，韓凜發現自己沒有辦法以完全事務性的眼光來看待徐子凡，於是反覆強調他是肇事者、只是肇事者的身分，並且盡可能的讓他不再滲入自己的日常，但從按下徐子凡的電話開始，韓凜不得不接受儘管是自己的日常卻無法被自己控制的現實。

03

儘管花了一段時間才找到停車位，但還是比約定的時間早了十五分鐘，徐子凡喝了一口混著日光溫度的水，溫熱的液體帶有某種難以說明的黏稠感滑入深處，他深呼吸了幾次，站在能夠同時看清三個叉路的位置，為了讓自己進行預備，也為了讓即將走近的韓凜進行預備。

他不很清楚實際上彼此需要進行何種預備，或許正是這份不明朗，才更需要給彼此一段能夠察覺對方卻又看不清對方的距離，隨著畫面逐漸清晰的過程，一點一滴蒐集讓盤踞在胸口的模糊感消散的線索。

然而逐漸逼近約定的時間，韓凜的身影卻沒有從任何一個方向踏進的意思，他不認為韓凜會爽約，這世界上總是存在著各式各樣會使人耽擱的可能，徐子凡握住水瓶的左手不自覺收緊，他揮去逐漸聚攏的模糊想像。不需要想像。這裡需要的只有等待。

等著就好。

清脆的鈴鐺響聲忽然撞擊進徐子凡的意識裡，他本能的旋過身，韓凜從店家探出半個身體，這不是徐子凡設想過的可能，儘管以為自己做好了可能的預備，但或許人生總是沒辦法做好準備。

從那一瞬間，他還來不及察覺的瞬間，某些什麼就已經被決定了。

關於他。

以及，關於他眼前的韓凜。

如果此刻敏銳的察覺，自己會不會果斷的抽身，或者優柔寡斷的任憑絲線無序的纏繞糾結？

徐子凡不可能得到答案，無論許久之後的他耗費了多少心力進行思索都不會得到答案，他知道，卻還是反覆的問著自己，彷彿不這麼做就會越陷越深，但即使這麼做了，也依然是越陷越深。

「我以為你會進來。」

「啊、因為我不確定妳約的店是附近醒目的點或者就是打工的地點。」

「這樣。」韓凜似乎沒有走出室外的意思，「進來吧。」

「嗯。」

他隨著韓凜踏進店內，強烈的冷空氣撲打上他的肌膚，迅速的覆蓋幾秒鐘前還黏附在他身上的熱氣，卻由於太過迅速讓他感到些許戰慄；徐子凡花了一些時間適應室內略顯幽暗的燈光，不遠處的韓凜正和站在吧檯內穿著黑襯衫的男人說話，黑襯衫男人在對話中望了徐子凡幾次，他禮貌的點了幾下頭，不知道該不該走近，擺盪在猶豫內的他結果就一動也不動的站在原地。

最後韓凜和黑襯衫男人朝他走來。

「這是店長。」

「你好，我是徐子凡。」

「我聽小凜說了，因為付不出賠償金所以打算用身體償還是吧。」店長爽朗的笑了幾聲，還伸出手結結實實的拍了他的肩膀三下，要不是店長的神色和善，他都要以為店長是在替韓凜報復，「你就跟著小凜吧，她說什麼你就做什麼，很簡單的，反正這時段沒什麼客人。」

店長說完話並不是轉身走回吧檯，而是逕直的往門口走，流暢的推開門理所當然的離開了，銅鈴清脆的響音迴盪在幽暗的店內，屬於茶葉的獨特香味瀰漫在周旁，怔忪之中徐子凡突然感覺眼前的韓凜顯得有些奇異。

「先把吧檯內的杯盤洗乾淨。」

「好。」

店內只有兩桌客人，看起來不像情侶的男女坐在角落小聲的交談，靠窗的位置戴著耳機的女孩正讀著書，一邊洗著瓷盤徐子凡偷覷了韓凜一眼，她正在替開心果秤重裝袋。

「妳一個人顧店嗎？」

「嗯，這段時間是這樣。」

「傷好一點了嗎？」

「本來就不是很嚴重的傷，只是傷口在麻煩的位置，和衣服摩擦的時候會讓人分心，雖然現在很閒，但一到晚餐時間，這裡簡直是一級戰場，為了不讓你扯後腿才要你提早來的，總之你要盡快把桌號記下來。」

「嗯。」

韓凜出乎意料的說了一大段話，但徐子凡根本不認識眼前這個女孩，也沒有任何能用上「出乎意料」的立場。他一邊想著這些不著邊際的事，直到洗完流理台內所有杯盤他才意識到兩個人之間已經被扔下堅實的沉默，韓凜大概是一口氣說完該說的話，同時堵住徐子凡可能的疑問，他瞄了一眼韓凜的側臉，目光從下顎的線條滑到耳際，觸及鎖骨時他有些慌張的收回視線，喉嚨感到有些乾渴，過強的冷氣讓他開始有些冷。

「妳——」

「桌號。」

「什麼？」

「畫在紙上了，你到旁邊的位置記吧。」

徐子凡終於切實的感受到韓凜拒人於外的意圖了，沾在手上的水氣讓寒意更加具體，他抓起一旁的乾布胡亂的拭乾雙手，但寒意卻頑強得往更深處鑽動，韓凜仍舊專注在手邊的開心果，他探長身體拿起她擱在桌旁的筆記紙，卻沒有讀的心思。

「你在做什麼？」

「沒什麼。」

韓凜停下手邊的動作轉身面對徐子凡，她稍微抬起頭讓自己的視線和他平視，她不知道徐子凡懷抱著的迂迴心思，但她當然察覺了投注於自己身上的目光。

她不喜歡。

並非注視本身，而是不喜歡那注視所透露的任何可能。

徐子凡殘留在她手背上的溫度轉化為一種記憶的觸動，不帶有實體，也沒有任何輪廓，溫度本身就是一種感受性，滲入記憶後成為更抽象性的表徵，與眼前的人產生連動，每當關於「徐子凡」的線索在腦海中閃現，便會牽扯出那樣的觸動，對韓凜而言，這不是恰當的衍生。

他只是個陌生人。

儘管此刻她和他有著受害者與肇事者的線拉扯著，但他之所以出現在這裡，屬於韓凜場域的這裡，便是為了消弭這條無形的線，一旦他付出足額的力道，線便會斷裂，非關自身意願而被繫於兩端的不僅會往反方向彈開，為了抵抗當初的箝制，會以更劇烈的姿態往後奔馳，回到與對方無關的、起初的日常。

「我去儲藏室拿東西，如果有客人來的話就先帶位，我很快就會回來。」

「嗯。」

韓凜別開視線走往地下一樓，迎上突來的幽暗到她伸手按下電燈開關的短暫過程裡，一閃而過的停頓絆住了她的移動，隱約的古琴旋律滑過她的耳際，燈終於亮了，那些在她胸口幾乎就要聚攏的什麼又全數消散。

像是什麼也沒有一樣。

回到宿舍已經將近十一點，徐子凡拖著勞動後的軀體迅速的沖了澡，拜託明天有第一堂課的室友順便叫自己起床，其餘的話連一個音都不想發，乾脆的趴上床鋪，昏昏沉沉的卻積聚不了足夠份量的睡意。

韓凜的淺笑一直卡在最後那一格。

就差那一格的睡意他就能入睡，但是沒辦法，韓凜就是賴在那裡不走。

今天的工作相當順利，最重要的是體力和小部分的記憶力，主要的部分韓凜都會自行處理，他的工作不過就是接收到韓凜下達的指令，將餐點送達以及整理桌面。

「很辛苦吧，連我都覺得累的工作小凜可是從打工第一天就完美的勝任，雖然不會對客人太過熱絡，臉上也沒什麼微笑，但很多年輕的男客人都是衝著她來的呢。」

「這樣啊……」

「你的表情跟那些男客人差不多。」

「什麼？」

「對，就是現在這副呆愣又散發著變態味的感覺。」

「我才沒有。」

「沒有變態會承認自己是變態。」店長很開心的拍拍他的肩膀，依然是相當大力的那一種，「不過這樣會嚇跑小凜喔，那孩子，好像不太喜歡熱烈的追求，所以不要奢望了，變態君。」

「我不是變態。」

「你自己覺得是不是跟事實上你是不是，又跟我覺得你是不是一點關係也沒有。」

最後店長以武斷的姿態擅自決定他是變態君，還興高采烈的向客人介紹「這是我們家新來的工讀生變態君」，一旁的韓凜似乎不想捲入店長的惡趣味，從頭到尾都無視於徐子凡的求救目光。

「店長一向這樣嗎？」

「哪樣？」

「隨便決定別人是變態。」

韓凜意味深長的望了他一眼，「我不清楚。」

「妳那眼神是什麼意思？」

「進行判斷的意思。」

「我不是變態。」

「嗯，你覺得開心就好，我不是很在意。」

「韓凜。」

「這盤送去3桌。」

3桌恰好是店長介紹他是變態君的那桌，他想以眼神表示反抗，但韓凜壓根沒有看他，專注的確認吧檯邊的點單。

最後徐子凡放棄了，就算客人愉快的招手喊「變態君來一下」，他也毫無反抗的趨前，但他並不是處於流沙裡不反抗就能減緩被吞噬的速度，心情異常高漲的店長不知道什麼時候做了變態君的名牌，慎重的別在他的右胸口。

「我只是來幫韓凜的忙。」

「反正也剩下兩個多小時而已。」

「這不是時間的問題。」

「變態君。」

「幹嘛？」

「要不要來我們店裡打工，我會無條件透露小凜打工的時段。」

「不用了。」

「回心轉意後隨時可以和我聯絡。」

徐子凡沒有想跟店長聯絡的意思，但他還是留下了自己的電話，店長曖昧的扯開笑，又用力的拍了兩下他的背。

「好啦，今天就到這裡吧，變態君你送小凜回宿舍吧。」

「不用了。」

「無論多麼安全的路都有可能發生意外，反正變態君長得就一臉『我很閒』，欸，變態君，記得好好送小凜到宿舍門口，絕對不能半途而廢。」

「嗯。」

店長半推半趕的要徐子凡和韓凜快點回去，踏出店門溽熱的空氣毫不客氣的襲來，他安靜的走在韓凜身旁，踏著被街燈拉長的影子，在走出巷子之前，徐子凡拉住了韓凜的手。

側過身韓凜不帶表情的看著他。

「做什麼？」

「我……」徐子凡輕輕鬆開手，彷彿明白只要兩個人踏進光亮的主街，他所想說的話就一個字也擠不出來了，「雖然這樣的要求很不恰當，但是，能讓我看一下妳的傷口嗎？無論如何我都想親自確認，妳真的沒事。」

韓凜的沉默纏繞著他的四肢，兩個人的僵持久到他以為韓凜會在下一秒鐘轉身離開，但她沒有，再度出乎他的意料，韓凜笑了。淺淺的。

「果然是變態君。」

「我不是——」

韓凜脫下薄外套，抬起手伸到他的面前，悽慘的擦傷都已經結痂，小部分已經開始剝落，但他記得她最嚴重的傷口是藏在長裙底下的膝蓋和小腿。

「腳比手稍微嚴重一點，但也就只有一點，需要我撩起裙子嗎？」

「不、不用了。」

韓凜穿起外套，這次真的符合他想像的轉身往前走，愣了幾秒鐘徐子凡快步趕上，感到安心之後疲倦感突然襲擊而來，和運動不同的勞動所帶來的疲倦也截然不同。

不知不覺他又再次站在「男賓止步」的掛牌前。

「今天，謝謝你。」

「這本來就是我應該做的。」

「但還是謝謝。」

「嗯。」

韓凜沒有說再見，徐子凡就這樣站在原地目送著她的遠去，有些什麼卡住了，在他的體內，他不知道那是什麼。

徐子凡煩躁的甩了甩頭，抓起一旁的涼被蒙住自己的頭，拚命的祈求睡意的到來。

太陽大得讓人幾乎以為整個地表的水氣都會被蒸發，韓凜不是很會流汗的類型但額際仍舊沁出薄汗，她沒有費心擦拭，稍微調整了傘的位置，她繼續讀著書。

涼快的圖書館就在後方，韓凜卻選擇撐著傘以有些微妙的姿態在炙烈的陽光底下讀書，嘉綺說這是苦行僧的自虐式修行。

「熾烈的日光並不會強化個人的意志，頂多只是提升對熱度的耐受性，這種甚至稱不上是好處的結果，跟盤坐在瀑布下沖水的行徑同樣讓人費解，不，更讓人費解，畢竟沖水勉強算上一種 spa。」

「我不是在修行。」

「不然是想行光合作用嗎？」

「大概。至少可以預防骨質疏鬆。」

「我不想理解這部分。」

她和嘉綺關於韓凜在烈日底下讀書的話題總是不了了之，事實上並沒有特別需要說明的部分，韓凜只是想感受灼燙的熱度，不是高溫帶來的悶熱，而是更直接的，簡直要讓靈魂也一併蒸發的熱。

也許讓靈魂變輕之後，自己也就能稍微從這個世界的沉重解脫。

韓凜沒有天真到相信這種天方夜譚，但不這麼做的話，可能沒辦法繼續往前走也說不定，她一直在逃避，但人沒辦法時時刻刻都能逃避，總會不小心在哪個轉角之後撞上死路，為了準備那一天的來臨，她始終做著準備。

「旁邊有人嗎？」

陌生的嗓音隨著突來的陰影罩住韓凜，她稍微移開了傘抬頭望向站在右前方的男孩，她輕輕的應了聲，男孩帶著笑在距離她兩個掌心寬度的位置坐下。

「階梯比想像中還要燙，我本來以為夏天的沙灘已經夠可怕了。」

韓凜沒有理會對方的打算。

但對方卻喊出了自己的名字。

「妳是韓凜對吧？」

「我不認識你。」

「嗯，應該是這樣。」韓凜在傘下低著頭，看不清任何關於男孩的畫面，卻能感受到他爽朗笑聲傳來的顫動，「妳上學期修過藏文課吧，我們也算是同學，雖然從來沒說過話就是。」

「是嘛。」

「突然搭話大概會被妳當作奇怪的人吧，我平常不會隨意向別人搭話，也不太會拿出修過同一門課這種不算關係的關係來當開場白，但我的好奇心特別重，看到有人撐著傘在階梯上讀書就覺得很好奇，而且對方還是修過藏文課的女生，組合起來就讓我沒辦法當作沒看見，但這樣解釋後好像讓我越來越像奇怪的人了，真糟糕。」

「不熱嗎？」

「嗯？」男孩注視著從傘下探出頭的韓凜，「熱死了，妳看我的汗簡直像拋售品一樣大把大把的被擠出我的體內。」

「你的形容詞很特別。」

「謝謝。」

「我要走了。」

「如果是因為我的話，我會先離開，本來就是我打擾妳的。」

「不是。」韓凜站起身，「因為太熱了。」

男孩愣了一下，接著愉快的笑了出來，「妳果然很有趣。」

「我不是有趣的那種類型。」

韓凜留下句點後撐著傘轉身往宿舍的方向離開，她記得男孩的臉，語文課通常會限制上課人數，在人數不多的班上男孩總是坐在靠走廊窗邊的位置，只要稍微側過頭韓凜就會看見男孩雕琢般的美好側臉；但韓凜記下他並非由於他搶眼的外表，而是聲音。

為了訓練發音老師會讓學生輪流唸出他隨意寫出的詞彙，男孩的聲音非常好聽，特別是以漂亮的方式唸出藏文時，韓凜的意識總會跟著微微顫動。

DraChompa(*註)。這個詞滑出男孩口中時帶著某種餘味。

她確認了腕錶上的時間，距離和嘉綺的晚餐還有兩個多小時，在劇烈的熱度之後韓凜決定找個涼快的地方，她收起傘轉了個方向，今天太陽比想像中的大。

真是太過遲鈍的感想。

推開速食店的玻璃門，混著油炸物濃郁氣味的涼爽空氣直撲而來，這樣的瞬間徐子凡總是不知道該給出舒適還是困擾的感想，他並不特別追求健康的飲食生活，但即使是誘人的食物，過於濃烈也會超出自身的負荷。

但附近的咖啡廳都客滿了，權衡之下他只能走上速食店的二樓，和張景佑約好三點半，他確認了時間，自己總是早到，即使明白這一點，張景佑依然會準時出現。

「既然約好的時間是三點半，那就表示你打算從三點半那瞬間起見我，就算提早個十分鐘或是遲到十分鐘表面上沒什麼差別，或許你和我感情上也分辨不出差異，但在邏輯上，或者說在我的信念上，那裡面絕對存在著細微的落差，無論多麼細微不可察覺的落差一旦累積到了某種程度，就會以讓人措手不及的方式帶來衝擊。」

「例如什麼衝擊？」

「不知道，就是因為不知道才讓人無從預備，這是所有狀況之中最可怕的一種，當我們站在樓梯上，預料到了某個人會用力一推，便會做好穩定身體的準備，手也會維持在隨時能抓住扶手的位置，甚至做好拉對方一起往下掉的覺悟；然而毫無防備的人，就算是輕輕一碰，也可能會失去重心悽慘的滾落，因為摔下樓梯的姿態實在太醜，我沒有打算遭遇這種事。」

---

*阿羅漢

張景佑總是會拋擲出許多帶著荒謬卻又讓人感到合理的言論，但他知道張景佑並不是隨口說說而是由衷的這麼認為，因此大多時候並不會反駁，張景佑不會採取讓他感到困擾的動作，他很清楚這一點。

徐子凡喝了一口加滿冰塊的可樂，甜膩的味道漫布在他的口腔內，他拿出背包裡的夏目漱石，不是想假裝文青，單純是這本《玻璃門內》是他書桌上最薄的一本書。

「韓凜？」

還沒翻開書徐子凡的視線就迎上剛踏上二樓的韓凜，她還是揹著同樣的紅色背包，右手拿著已經插上吸管的飲料，她似乎沒有理會他的打算。

韓凜挑了最角落的位置，她用紙巾擦乾掌心沾上的水珠，她沒有預期會在這裡遇見徐子凡，事實上她沒有預期會在任何地方遇見徐子凡，踏進速食店的理由單純是附近的連鎖咖啡店都沒有座位，她當然不會知道，徐子凡在幾分鐘前經歷過相同的過程，她和他可能會在咖啡店遇上、騎樓下擦身，只是這個可能在此刻發生在速食店罷了。

沒有人能夠掌握這世界的所有偶然或者必然。

她戴上耳機，想隔開自己和周旁的世界，才剛按下 One Republic 的播放鍵，刺耳並且不可逃躲的響音便竄進她的耳裡，引起她耳膜的強烈震動，簡訊，明明是想隔開卻反而讓對方的存在更為突顯，韓凜莫名的感到煩躁。

毫無意外的是徐子凡。

「我只是想跟妳打招呼。」

「不需要。」

徐子凡讀著韓凜簡短又拒人於外的簡訊並不覺得難過或者憤怒，而是湧生「果然是這樣」的心情，他沒有繼續打擾她的意思，事實上連第一封簡訊都不應該傳，韓凜的無視表現得非常明顯，一貫的，透露著清楚切割兩人的意圖；但韓凜越是擺出冰冷的姿態就越讓他想起昨夜一閃而過的淺笑，他想釐清自己無法輕易入睡的原因。

「發什麼呆啊？」

「我沒注意到你來了。」

「徐子凡，你是不是背著我有其他女人了？」

「這不是你該說的台詞。」

「也是，那、你是不是背著我有其他男人了？」

「都沒有，不管是男人女人或者拉不拉多通通都沒有。」

「原來你的涉獵範圍還包含拉不拉多，哇，果然是我愛的男人，不管認識多久都能讓人感到驚奇。」

「到此為止。」

「事情不會是某個人喊停就能停下的。」張景佑咬了一口薯條，「夏目漱石，幸好你讀的不是太宰治，不然我會擔心。」

「不要有無謂的擔心。」

「剛剛，我也遇見一個讀夏目漱石的女生，給人像貓一樣感覺的女生讀著《我是貓》，不覺得很有趣嗎？」

「去要她電話吧。」

「如果遇見第二次我就會這麼做。」

他開始和張景佑進行不著邊際也沒什麼邏輯的對話，從這個話題毫無預告的跳到那個話題，因為突然想到了，也不在意原先的話題進行到什麼程度，徐子凡花了很長一段時間才適應張景佑跳躍的思維，他想起兩個人第一次交談，當初感覺到的「這個人真奇怪」到現在絲毫沒有削減。

他和張景佑在國二暑假參加的夏令營認識，媽媽和姊姊無視他想無所事事的願望替他報名，儘管只有三天兩夜，但他特別不喜歡團康活動，第一天的自我介紹和分組表演簡直讓他想跳崖，當然活動的地點沒有斷崖只有一條清澈的溪流，他蹲在溪邊以拖拖拉拉的龜速洗著鐵鍋，只要能延遲回到「團體活動」的地獄，要他刷幾個鐵鍋他就刷幾個鐵鍋。

「逃跑吧。」

「什麼？」

「那是你手邊的最後一個鍋子了，趕快做決定吧。」

在徐子凡身旁蹲下的是同組女生偷偷討論了一整天的男孩，清秀白淨的臉龐上掛著愉悅的笑容，在徐子凡眼裡這個男生明明就非常適應團體活動。

「只剩兩天就結束了。」

「你知道兩天有多漫長嗎？」男孩湊近了一點，「時間這種東西就算被武斷切分為一天二十四個小時，一小時六十分鐘，但那本來就是抽象的概念，雖然我還不太懂『抽象』的完整意義，但反正就不是具體的東西。期中考的一個小時，跟自我介紹的一個小時，就算都是分針繞上一圈的長度，但不一樣就是不一樣。」

「反正——」

「反正我們逃跑之後還是會被抓回來，但扣除逃跑的時間、被逮到的時間、被訓斥的時間，甚至還有反省的時間，『兩天』的意義就完全不一樣了。」

徐子凡不知道自己到底是被說服還是實在太討厭團體活動了，居然就這樣擱下剛洗完的鍋子，和男孩往溪的另一邊移動，沒有任何作戰計畫，保暖衣物或者糧食都沒有考慮，危險性這種東西也被扔進溪流，總之就是盡可能的消耗時間。

逃跑的過程意外的順利，兩個人甚至走到了大馬路，繼續演變下去大概會被冠上離家出走，徐子凡這時候才發現自己根本沒搞清楚男孩的意圖。

「找公用電話吧。」

「為什麼？」

「跟家人說我們逃出來了啊。」他得意的扯開笑，「討厭到了這種違背平時原則也要逃跑的程度，總不會被繼續丟回去吧。」

結果和男孩的推測差不多，儘管違反規則的是他們，但趕到現場的媽媽卻心疼的抱住他，一邊說著「下次不會勉強你了」，一邊向主辦單位道歉。

「我叫張景佑。」

離開之前男孩丟下了乾脆的自我介紹，徐子凡還來不及說話男孩就被家人帶走了，大概不可能見面了，他確實這麼想，沒想到在高中的入學典禮卻碰上了張景佑。

忘記我了吧。徐子凡一邊這麼想，一邊轉身走向自己的班級。

「欸，為什麼裝作不認識我？」

「我本來就不認識你。」

「徐子凡。」

「你為什麼知道我的名字？」

「胸口有繡啊。」

「你可以不要趴在我身上嗎？」

「身高剛好的朋友很難找得到呢。」

「我什麼時候又變成你的朋友了？」

「反正就是會啊，所以提早一點結果也是一樣。」

「真是奇怪的人。」

他和張景佑的關係打從一開始就是張景佑進行主導，途中也被拖去從事各式各樣莫名其妙的事，明明是人緣很好的傢伙，卻三天兩頭拉著徐子凡東跑西跑，最後連帶他也變成其他人眼中人緣好的傢伙。

徐子凡沒問過他，就算問了，答案大概也不脫「命中註定」或者「直覺」這類，但他沒有料想到，那之後的某天卻聽見張景佑說出了理由。

拯救了他卻也困住了他。

「因為你不像其他人一樣用著期盼或者審視的眼光看我，你說過我是奇怪的人吧，我很開心呢，奇怪的人不管做什麼樣的事都不奇怪也不讓人失望，所以在你身邊我覺得很安心。」

「不要說得像告白一樣。」

「徐子凡。」

「做什麼？」

「我不後悔，連一瞬間的後悔也沒有，所以你，不要再用這種抱歉的眼神看我了，這樣我會很可憐呢，就算是為了替我保留一個能夠感到安心的位置也好，不要覺得抱歉。」

他忘了自己接著說了什麼話，也可能什麼話也沒有說，那年暑假，在他和張景佑之間安安靜靜又小心翼翼的，好不容易回到了起初的樣貌，誰也察覺不出改變；然而身處其中的兩個人卻非常明白，改變的並不是可見的現狀，而是在彼此體內產生了根本性的質變。

某種意義上，他和張景佑再也回不到彼此期望的初始了。

「我也來看夏目漱石好了。」

「你不是已經看過了嗎？」

「我忘了。」

「你還說過你想寫一本《我是變色龍》。」

「好像有這回事，嗯、你是不是有喜歡的女生了？」

「我——」

差一點徐子凡就掉進張景佑的陷阱了，只要毫不猶豫的回答沒有就好，但聲音卡在喉嚨，他抬起的眼恰好刷過起身離開的韓凜，喜歡，他納悶的目送她的背影。

「我不知道。」

「是誰？」

徐子凡終於回過神，對面的傢伙眨著興致勃勃的漂亮眼睛，他抵抗般的搖了搖頭，「我最近很在意學校附近的一隻拉不拉多。」

「沒關係，等我要到電話之後再來跟你交易，我不會佔你便宜。」

服務生替空杯添了八分滿的水蜜桃水，對面的空位維持著等待的樣態，她早了十分鐘，彷彿是用自己和「已訂位」的牌子交換一樣，安放在桌邊，等著訂位者的到來。

她喝了一口水，吞嚥之後才發覺水並不能解決她的乾渴，跟生理性無關，而是由於即將踏進餐廳的哥哥。

韓凜和哥哥的關係相當微妙，有一種隱約的僵持拉扯著彼此，她很難決定要用什麼態度面對哥哥，自私的逃跑之後回頭又擺出關心的樣子，她想大聲怒喊但如果趕跑了哥哥她就只剩下一個人了。

「等很久了嗎？」

「是我到得太早。」

「最近好嗎？」

「嗯。」

最近好嗎？哥哥總會這樣問著韓凜，她不知道這只是例行性的問候，或者他真的關心自己，但韓凜不會和他分享任何感情，於是兩個人的對話屢屢顯得僵硬又貧乏。

哥哥會隨意說些話，大多時間安靜的用餐，像長久交往已經提不起力氣交談的情侶，從前不是這樣的，哥哥曾經是她生命裡最真實的依靠，韓凜堅信著只要哥哥在她身邊她就能承受圍繞著她的荒謬現實；然而哥哥卻拋下她逃跑了，留下一封讓她感到諷刺的道歉信，對不起，這三個字在信裡出現了二十三遍，像用刀在韓凜心臟剜了二十三刀。

韓凜沉默的咀嚼著調味過淡的花椰菜，她聽見哥哥輕輕的嘆了口氣，或許在嘆息之後哥哥又會再度放棄自己也說不定，懷抱著這樣的心思，明明清楚越抗拒哥哥越有離開的可能，她仍舊無能為力；跟自尊無關，也不單單是無法原諒當初哥哥的逃離，而是有些什麼綑綁住韓凜的手腳，她不知道該怎麼解開。

「生活費夠用嗎？」

「嗯。」

「小凜，」韓凜低著頭，像被哥哥話語中藏匿的沉重壓住一樣，「就算是憤怒的對我斥罵，或者說些什麼話都好，我知道我沒資格說這些話，但至少讓我知道該怎麼做才能稍微彌補妳——」

「我吃飽了。」

「小凜——」

「我明天早上有課，不能太晚回去。」

他最後還是退讓了，韓凜知道，自己是掐著哥哥的歉疚恣意妄為，她不想傷害哥哥，也不想讓哥哥承受沉默的鞭笞，她簡直是複製了相似的痛苦套在他的身上，因為當初你留下我一個人面對，所以現在你也要忍耐一樣的痛苦，不是這樣的，韓凜一點也不想這麼做，但為什麼她的舉動卻一再的重蹈覆轍？

——為什麼？

她讓哥哥送她到校門口，韓凜站在原地目送他遠去的身影，雙手緊緊的攢著，她好痛恨這樣的自己，她幾乎要咬破自己的唇，但她明白，她和他所承受的傷比她的唇多出幾千幾萬倍的痛。

不要用歉疚的眼神看我。

你的歉疚讓我反覆想起自己的痛苦，明明想忘掉的，明明想當作沒那回事的，但一迎上你的雙眼卻又異常清晰的重現，如果你能用若無其事的眼神望著我，或許我就能輕鬆的喊出哥哥也說不定。

韓凜一次又一次的想著，但她無論如何都擠不出聲音，說出來就好了，有很多時候她以為自己做好了預備，但電話號碼才按了一半所有的以為又悉數消散；韓凜痛恨這樣怯懦的自己，也痛恨縱容自己怯懦的哥哥。

她斂下眼，想走回宿舍卻又拖不動腳步，自己現在的表情必然會招來室友的探問，不管是關心或者好奇，現在的韓凜都承受不起。

忽然她想起徐子凡，韓凜不知道為什麼會在這瞬間想起他，但她拿出了手機，猶疑了幾秒後毅然決然的撥出了電話，她想，徐子凡也對自己感到抱歉吧，跟哥哥一樣，小心翼翼的對待她，所以她才不想跟徐子凡有任何牽扯吧。

但為什麼自己卻又違背意志的試圖扯住對方呢？

電話接通了。

「喂？」

「我是韓凜。」

「怎麼了嗎？」

「現在有空嗎？」

「有。」

「還是算了。」

「話不要說一半。」

「但我就是那種只能說出一半的話的那種人……」

韓凜緊緊抓著手機，她感覺自己正微微顫抖，儘管從另一端透出的確實是徐子凡的聲音，但她腦海中總會疊上哥哥歉疚的神情。

——我沒事。

她想起自己在雨中反覆說了幾次的話，那或許不是為了使徐子凡安心，而是要告訴自己，沒事，不會有事的。所以你也不需要對我感到抱歉，就能收起愧疚的表情，只要你在這裡就好，道歉什麼的都不需要，傷會慢慢癒合的，只要你在這裡就好。

如果能好好的對哥哥說出這些話，那麼她和哥哥是不是就不會走到如此進退維谷的地步呢？

「那不要說話也沒關係，我不會掛斷電話，等妳想到要說什麼再說就好。」

「電話費很貴。」

「那我打給妳。」

「不要。」韓凜的聲音顯得有些微弱，「我不想欠你。」

「那我們約個地方見面吧，如果不想看見我，背對背坐著也沒關係，再說，妳本來就很擅長無視我。」

「我過去你們學校吧。」

「這麼晚了，何況我騎車也比較方便——」

「徐子凡。」

「好吧，搭 236 會到，妳上車傳個訊息給我，我會到側門等妳。」

「嗯。」

「不想掛電話也沒關係……」

「我掛了。」

韓凜的尾音果斷的被切斷，站在房門口的徐子凡有短暫的呆愣，聽了好一陣的機械單音才回過神來，真是莫名其妙，但一套上韓凜冷淡的臉龐卻又顯得理所當然。

大概發生什麼事了。

徐子凡有強烈的直覺，他收起手機，大概不需要直覺，這種時間點打來說那些話，何況是韓凜，無時無刻都試圖無視他的韓凜，根本不需要直覺都能嗅出不尋常。

「我出去一下。」

「買宵夜嗎？順便。」

「我去吹風，你想吃什麼口味的風？要辣嗎？」

「白癡喔。」

「我有帶鑰匙。」

「快滾。」

徐子凡確認了時間，十點零三分，他從來沒有和女朋友以外的女孩子在這麼晚的時間點見面，但他也就談過那麼一次戀愛，非常短暫的，像是要打發時間一樣，一起念書、看電影，偶爾牽著手散步，接過幾次吻，有一點慌亂但沒有電影裡那種鼓譟，每次輕輕觸碰女孩的手或者唇，徐子凡都會思索一次「自己真的喜歡她嗎」，但每次都會被其他事打斷，於是他仍舊牽著女孩的手散步，說再見的時候擁抱女孩柔軟的身體，有過某些更進一步的遐想，但終究沒有實行。

女孩主動提出了分手，在指考結束後的隔天，徐子凡沒有特別追問原因，也沒有感到特別難過，女孩伸出手碰了碰他的右臉頰，冰冰涼涼的。

「你果然不是很喜歡我。」

「比起其他女孩子，妳對我而言是很特別的。」

徐子凡不知道當時的那段話聽在女孩耳裡是什麼感覺，但她沒有哭也沒有笑，像是瞭解一般輕輕點了頭，再見，像平時送她回家一樣的簡單告別，儘管從那之後他再也沒有見過女孩，卻總想著她明快的再見。

再見。

像是兩個人隨時都會再見一樣。

他走了一段路，夜晚的學校顯得寂涼，偶爾傳來突兀的音樂聲，在特別安靜的地方進行喧鬧的排練不知道是什麼感覺，他沒有多想，比起韓凜即將以預想之外的方式踏進這裡，喧鬧與沉靜的對比一點也不夠看。

徐子凡站在門邊吹著風，夜晚的風悶熱裡帶著舒適感，街上的車非常少，偶爾有幾個人經過他的身旁，他胡亂想著無關緊要的事，即使等著韓凜卻沒有揣想任何關於她的事；懷抱著越厚的想像，越有可能做出偏頗的判斷，很多時候某些重要的什麼就在偏頗之中被磨損了。

而那些什麼，人們所沒有察覺的，久遠以後的某天也許會突然驚覺，那些、原來是太過重要的什麼了。

駛近的公車逐漸放緩速度，透過車門他瞥見韓凜的身影，她的步伐透著不穩定的氣味，沒有搖晃，單純是徐子凡的直覺。

韓凜走到他的面前，他突然拿不出開場白，就這麼安靜的凝望著站在面前的韓凜，在幽微的光線底下她顯得有些憔悴。

「找個地方坐嗎？還是妳想散一下步？」

「徐子凡。」

「嗯？」

「轉過去。」

他還來不及思索就順從的轉過身，韓凜沒有說話，輕輕的將額頭靠上他的後背，一股溫熱的脆弱傳了過來，徐子凡一動也不動的站著，他想，或許韓凜一直在勉強著自己，以不符合人體工學的姿勢硬撐久了，人反而會忘了起初最自然的樣態。

徐子凡不知道發生什麼事，他們之間也不是能夠過問的關係，韓凜抬起手揪住他的上衣，沒有聲音，但他感覺到衣服被沾濕後的黏膩，以及韓凜微微的顫動。

韓凜以忍耐的姿態安靜地流著淚，她無從判斷自己胸口猛然湧生的哀傷是些什麼，步下公車看見徐子凡身影的那一刻，她就遏止不住從某個裂縫竄出的脆弱，無論如何都必須排解的脆弱。

她哭了很長一段時間，徐子凡連一點聲音也沒有發出，韓凜拉回身體拭乾了臉上的痕跡，但他的白色上衣卻留下清楚的印記。

「你可以轉過來了。」

「要喝水嗎？」

「我有帶。」

「但是我想喝。」

韓凜掏出背包裡的喝了一半的礦泉水，遞到徐子凡面前，他沒有猶豫的喝了兩口，還給韓凜後她乾脆的喝光了整瓶水。

接著像是把三分鐘前的事忘得一乾二淨一樣，徐子凡提議要到操場散步，走了兩圈後兩個人就在一旁的階梯坐下，徐子凡依然找不到開場白。

「你知道旅鴿嗎？」

「嗯。」

「我以前常常想，那麼大量的旅鴿居然能夠在短短時間內完全滅絕，這世界還有一堆瀕臨絕種的動物，怎麼想滅絕這種事都輪不到旅鴿，但事情就是這樣，第一次聽見時還以為對方在開玩笑，仔細查了資料後不得不相信，雖然有一套說明的方法，但感情上沒辦法接受的事不管再有道理也沒辦法輕易接受。」

「說不定旅鴿自己也覺得莫名其妙。」徐子凡側過頭望向她，「原因理由或者說明什麼的，都不是旅鴿本身出來主張的吧，所以不管多麼合理，都有可能不是事實，既然再也不會有哪隻旅鴿親自出來解釋，就結果而言等於不存在著真相吧，這樣一來，就算眼前擺著一個在邏輯上無懈可擊的說明也沒有必要接受。」

「真是莫名其妙的解讀。」

「我也覺得。不像是我會說的話，簡直像我某個朋友附身一樣。」

韓凜輕輕扯了嘴角，她感覺自己的精神終於安定了下來，差一點就要提起哥哥，但她還是忍下了，儘管徐子凡是個溫柔的人，也不代表他必須承擔不屬於他的重量。

長久以來都是如此，縱使有人溫柔或者苦惱的對韓凜說出「妳沒有必要獨自承擔所有重量」，但她仍舊動彈不得，彷彿被奪去聲音一樣能做的就只有無助的望著對方，說啊，她凝望著對方開闔的嘴變得急切，對妳而言我到底算什麼，起初的溫柔化作讓人刺痛的責難，但她還是動彈不得，接著目睹著對方的離去，留下擠不出言語的自己。

最後，韓凜學會將疼痛塞進體內最深的位置，縱使對方靠得再近也難以察覺，想著，也許有一天連自己也會忘了那些痛苦也說不定。

她將某部分的自己牢實的困在內部的繭，一邊冀望著破繭而出，一邊又期盼著那些自己死在繭的裡頭；韓凜也困惑了，分不清自己究竟想要些什麼，而又不要些什麼，她亟欲捨棄稱之為過去的痛苦，卻一次又一次反芻著那些過去。

「我該回去了。」

「已經沒有公車了，我送妳回去吧。」

「因為過意不去嗎？」

「什麼？」

「車禍的事。」

「我不是用身體還了嗎？」徐子凡輕輕敲了她的額頭，「晚上突然接到單身女生的電話說什麼也要出門，這是男大生的基本常識。」

「你又知道我單身了？」

「所以意思是我可能會在路上被某個不認識的男人揍嗎？」

韓凜笑了。

意味不明。徐子凡笑語之中卻透著在意，不應該問的，只是不問他大概又睡不著覺了，走著走著他突然停下腳步，韓凜又走兩步才納悶的轉過身。

「為什麼停下來？」

「妳真的有男朋友嗎？」

「很重要嗎？」

「滿重要的。」

「是嘛。」

韓凜很殘忍的採取了無視態度，徐子凡嘆了一口氣默默跟上，直到抵達韓凜學校門口兩個人都沒有交談。

「謝謝你送我回來，路上小心。」

「嗯。」

「沒有。」

「什麼？」

「沒事。」

徐子凡花了一段時間才理解韓凜的話意，他突然感覺有一點開心，一點，真的只有那麼一點，好吧，比一點稍微再多一些。他目送著韓凜逐漸走遠的身影，後背彷彿還留有她的溫度，緩緩的滲進他的體內。

深處。

「我回到宿舍了，不用擔心我。」

「我沒有擔心你。」

「猜到了，只是以防萬一。聽說妳的症狀很符合重度傲嬌病。」

「變態。」

「妳打字速度比我想像的快，下次喉嚨痛說不出話的時候，傳簡訊也可以。」

「變態。」

「我就把這當作謝謝了。」

06

厚重的雲層遮住了太陽，卻沒有任何關於雨的氣味，總是有這種時候，跟晴天雨天都毫無關聯的下午，對大多數人而言舒適溫和的陰天，韓凜卻感到些許坐立不安。

沒辦法乾淨俐落的歸類，這邊，以及那邊，縱使將陰天獨立成一個類別，依然難以消弭懸掛在她心間的顫動。她沒有屬於陰天的悲慘記憶，韓凜哥哥的信被厚重的水氣沾濕，父親離開的背影擱在刺眼的日光下，也許，正因為如此，讓韓凜孤零零站在交界，等著遲遲未來的雨，以及近在眼前卻被密實遮掩的烈日。

「今天沒有太陽可以行光合作用。」

韓凜被突來的聲音驚擾，她直覺的旋過身，有著好聽聲音的男孩帶著美好微笑朝她走來；她站在圖書館側邊的走廊，靜靜的望著男孩。

像一幅溢滿春光的畫作，男孩的唇邊勾勒的淡淡的弧度，站在她的面前彷彿等著她理解他的到來並且接受他的到來，韓凜眨了幾次眼，斂下眼後又再度抬起眼。

「妳的表情有點哀傷。」

「哀傷？」

「可能只是錯覺，沒有太陽的日子，所有的植物在我眼裡都很哀傷。」

「我不是植物。」

「貓也喜歡曬太陽。」

「我不是貓。」

「書看完了嗎？夏目漱石。」

「我要走了。」

「但是我還沒自我介紹，上次來不及做的。」

「我沒有興趣。」

「跟妳有沒有興趣沒有關係，只是覺得這樣不對等，我知道妳的名字，但妳不知道我的。」

「這無關緊要。」

「張景佑。我的名字。」男孩爽朗的笑了，韓凜這時候才發覺兩個人之間僅僅隔著一個跨步的距離，不久之前他為了讓兩個結伴同行的女孩經過而往她在的位置移動了幾步，「雖然妳應該不想費心記住，但也是有某些不需要花費任何力氣就能記住的事，說不定我的名字會是其中之一。」

或許男孩猜中了。

打從一開始韓凜就記下了男孩的聲音與臉龐，在他走近之前，也許比男孩記下韓凜的名字更早，此刻附加於上的名字不過是讓起先便存放在她記憶底的存在具備更加完整的條件；然而這一瞬間的韓凜並不知道，這世界有太多太多的什麼是無法抵抗也難以被動搖的。

於是成為他和她的命運。她和他的註定。

韓凜沒有預告的轉身走向圖書館，沁涼的空氣鋪蓋上她的知覺，感應了學生證後她流暢的爬上二樓，男孩若無其事的跟在她身後，一步一步，吸音地毯無法吞噬彼此的步伐，削弱物理性的移動後反而加劇了對方的存在。

男孩隨著她拐進書架之間的狹窄走道，她回過身，男孩的移動戛然止於一步之外，不是一個跨步，而是能夠聽見彼此呼吸的、一步。

「你是跟蹤狂嗎？」

「這世界上的所有偶然都是一種必然，差別只有那些偶然究竟是無意中的必然，或者蓄意的必然，無論是哪一邊，就結果論都是相同的。」

「目的呢？在你所謂的必然之後。」

「嗯、長期目標是和妳和樂融融的相處，白話一點就是變成朋友，在那之前，短期目標，不，應該說是現在的目標，是要到妳的聯絡方式。」

「那你就開始調整心態好面對即將帶來的失敗吧。」

「韓凜。」

「不要隨便喊陌生人的名字。」

「對我而言妳不是陌生人啊。」男孩挑起戲謔又帶著挑釁意味的淺笑，在無意之間逼近韓凜的位置，等到她察覺的瞬間，韓凜已經困在白牆與男孩之間，「圖書館嚴禁喧譁，就算看見蟑螂也不能大叫。」

「讓開。」

「不要。」

「你真的想讓我大叫嗎？」

「這也不想。」

「那就讓開。」

「惹妳生氣了嗎？」

「你在說廢話嗎？」

「那好吧。」

男孩乾脆的往後退了一步，「我的判斷力一向很準，我想應該沒辦法和妳愉快的交換聯絡方式，但憤怒也是情緒的高點，所以，妳一定會記下我的名字。」

「無聊。」

「張景佑。要好好記住喔。」

「走開。」

「下次一起讀夏目漱石吧。」

韓凜停下腳步猛然回過頭望向男孩，他依然掛著愉快的微笑，妳的表情有點哀傷，她突然想起男孩壓低音量的這句話，他漂亮的棕色眼眸裡有著韓凜的倒映，也許只是多想，但她卻感受到了來自男孩的善意。

以不傷害韓凜自尊的方式拉住幾乎摔落的她。

「我不喜歡夏目漱石。」

「能讓不喜歡他的人讀完他的作品，這才更了不起，所以，我會努力效法夏目漱石。」

「無聊。」

「我超無聊的啊，那妳要不要陪我吃晚餐？」

沒完沒了的。

這次韓凜不打算繼續理會男孩，她打消借書的念頭，果斷的往樓梯的方向走去，男孩沒有追上，他站在原地興味盎然的目送韓凜逐漸遠去的身影；韓凜離開了涼爽又安靜的圖書館，僅僅是一步之遙，之內，之外，卻彷彿兩個截然不同的世界。

她不自覺的回過身，像是要確認男孩有沒有追上一樣，但她不知道，男孩出現與否會有什麼差別，即便有，韓凜也無從判斷。

天仍舊是陰的，如果能放晴就好了，她想。

韓凜一臉無聊的趴在書桌上，沒有課外讀物消磨空閒的時間，統計課本翻了兩頁就擊潰她的意志，她撩起長裙玩著早已癒合的淡色疤痕，落在膝蓋上不仔細看就難以辨別的疤是那場車禍唯一留下的痕跡，也許人生便是如此，無論當初感到多麼劇烈的疼痛，無論曾經扯開多麼怵目驚心的血口，最後，在某個甚至稱不上遙遠的往後，當初的那些什麼，也會像這樣一點一點被磨損而後被拋諸腦後吧。

明明說好一輩子都不能忘的。卻只有牢牢記住的那個人被留在原地，等著再也不會回來的人。

「妳在做什麼？」

「在無聊。」

「揮霍青春果然是年輕人的奢侈。」

「不要說得一副妳已經是中年大嬸一樣。」

「我最近的心智被生命與人的報告反覆揑整，即使看似短暫，我也已經不是妳既定印象中的那個我了。」

「妳腦袋有洞嗎？」

「嗯、我也這麼懷疑。」

「無聊的少女跟腦袋有洞的少女，床上還躺著一個看偶像劇到凌晨四點的少女，再看看這雜亂無序的環境，尤其是現在不在的那個少女，世界裡根本沒有折衣服的概念，真不知道那些男生為什麼會對女生宿舍有不符現實的幻想。」

「現實總是殘忍的。」

韓凜和嘉綺在無關緊要的對話裡彷彿得到了人生的重大啟示，相互嘆了一口氣後又吃吃的笑了出來，床上的室友發出微弱的單音，翻過身往夢境更深處鑽去。

儘管入學時是隨機分配的住宿名單，但升上了能夠自由選擇室友的大二後，同寢的四個人卻沒有絲毫更換的意思，並不是培養了多麼深厚的情誼，更確切來說，是四個人找到最恰當的距離，構成了讓彼此最放鬆的場域。

四個人當中，韓凜和嘉綺自從上學期恰巧修了同一門課後感情變得相當好，嘉綺不在意韓凜略微無情的應對方式，韓凜也不在乎嘉綺以自己為重的處事原則，沒有想要改變對方的意思，也不認為對方必須為了自己而調整，這讓韓凜感到安心。

「對我而言朋友和普通人當然不一樣，我願意替朋友付出，也能忍受朋友的某些缺點，但這不代表在取捨的過程中我必須將朋友擺在自己之前，明明書就念不完，還要硬擠出時間陪朋友挑喜歡對象的生日禮物，怎麼想都是提出要求的朋友任性，最後搞得好像是我一點義氣也沒有。」

「就算好好的解釋，對方不悅說著『那妳就好好念書吧』，擺明就是不諒解嘛，事後還哀怨的說『因為想跟感情最好的妳一起去啊』，就算能夠理解對方也還是覺得莫名其妙，雖然還是會維持友誼，但這種朋友就再也不會變成更好的朋友了。」

嘉綺曾經對韓凜說過這樣的話，嘉綺是非常有想法又獨立的那種女孩，當時的韓凜輕輕點了頭，她沒有特別搭腔，也沒有表示意見，一般人通常會對韓凜如此的冷淡感到些許不悅，至少也該說些什麼吧，高中的時候她曾經被同學這麼說過，但嘉綺卻笑了出來。

「妳還真夠冷淡的耶。」

「嗯，很多人這麼說。」

「對付冷冰冰的人就要以毒攻毒，我們去吃霜淇淋吧。」

「只是妳想吃吧。而且妳知道今天氣溫才13度嗎？」

「所以才吃霜淇淋啊，熱的話就會吃刨冰了。」

嘉綺突然站了起來。

「去吃霜淇淋吧。」

「為什麼？」

「因為很熱啊。」

「妳不是說過夏天應該吃刨冰嗎？」

「人的想法是會翻轉的，我現在覺得冬天才適合刨冰。」

「單純只是妳喜歡霜淇淋吧。」

「看穿禁忌真相的人會得到上天的懲罰。」

「這算什麼禁忌。」

「等吃完霜淇淋再告訴妳。」

嘉綺拖著韓凜搭上了捷運，目的地是淡水，她不知道為什麼吃個冰要跑那麼遠，但霜淇淋可能只是附帶原因，嘉綺心情不好的時候就想離海近一點。

我住的地方能聽見海的聲音，很吵，但很安心。

「妳失戀了嗎？」

「這不像韓凜會問的問題。」

「隨便問問。」

「不是失戀，是讓別人失戀。」

「喔。」

「但我也不是因為拒絕別人而感到過意不去，只是覺得自己沒用，跟妳說過我有喜歡的人吧，雖然離得很近，感情也很好，但可能就是因為感情好所以害怕破壞現狀，唉，一步的距離那麼近又那麼遠，我的少女心真是太脆弱了。」

「我覺得能夠在那麼近的距離忍耐著自己的感情才是最堅強的，懷抱著強烈的情感卻能夠若無其事的談笑，不覺得很厲害嗎？」

「妳今天太感性了。我會怕。」

「我也怕。」韓凜淺淺的笑了，她想起哥哥臉上總是掛著的愧歉，「人果然不能太無聊，無聊絕對會引發第三次世界大戰。」

「確實是這樣。」

韓凜和嘉綺又愉快的笑了出來，笑聲在乘客不多的車廂中清脆的撞擊著，也撞進坐在遠處角落裡戴著棒球帽的乘客心底。

07

原來韓凜也會這樣笑。

靠在車廂牆邊半睡半醒的徐子凡模糊的想著，起初他以為自己夢見了韓凜，恍惚了幾秒後驚醒一般的轉過頭確認，是真人，左邊那個開心笑鬧的女孩的確是韓凜沒錯。

紮著略顯鬆散的馬尾，愉快的談笑喧鬧，任誰來看都會認為韓凜是青春明亮的女大生，儘管她確實是女大生沒錯，但此刻青春洋溢的畫面——

簡直是世界無奇不有的證明。

該打招呼嗎？

不要好了，徐子凡下意識壓低帽簷，但仍舊克制不住的往韓凜方向瞄，像是要出遊的氣氛，他揣想著可能的目的地，同時不由自主的感到頹喪，自己該不會真的走上變態之路了吧？

他聽不見她們的對話內容，偶爾會傳來幾個關鍵字，霜淇淋，喜歡，學長，狗，完全不知所云，但喜歡和學長這個萬惡的詞彙卻讓他感到煩躁，徐子凡偷偷瞪了韓凜一眼。

對我就不會這樣笑。

徐子凡突然興起惡作劇的念頭，翻找出背包裡的手機，調整好恰當的位置，俐落的按下快門，讓韓凜燦爛的笑容定格在那瞬間。

但他和韓凜也定格在這瞬間了。

徐子凡拿著手機的手卡在半空中，他很少使用相機功能，壓根沒有想到按下快門會發出不容忽視也絕不會被錯認的響音，韓凜斂下笑冷淡的注視著他，他尷尬的收起手機，預備著即將到來的制裁。

「認識的人嗎？」

「是變態。」

韓凜站起身，以堅定的步伐朝他走來，徐子凡開始考慮要不要趁到站的間隙跳下車，但短暫逃脫後說不定會激起韓凜更灼烈的憤怒，他哀傷的嘆了一口長長的氣，雖然是要到榮總探視二阿姨，但說不定自己也即將變成患者。

人生無常。

但大多時候是自作孽。

「拿來。」

「真巧啊，連在捷運上也會碰面……」

「你要自己刪掉，還是換一支手機？」

「我聽不懂妳在說什麼。」

「徐子凡。」

徐子凡抬起頭迎上她有些冷淡的雙眼，他以為韓凜會再冷酷一些，又或者再憤怒一點，但他眼前的韓凜仍舊是他印象中那個日常的她。韓凜好像不怎麼生氣。他心裡浮上這個不合時宜的感想，當下便將手機扔進背包並且以壯士斷腕的姿態護住背包，他並沒有考慮自己想護住的究竟是些什麼。

總之先抵抗再說。

「我要下的站到了。」

「變態。」

「我不是。」

「就算否認變態也還是變態。」

「變態又不違法——」

徐子凡順利踏出車廂，他望著早已走回友人身旁的韓凜，為什麼會這麼順利，直到車門關上並且再度滑動他才恍然大悟般的睜大雙眼——

「韓凜該不會是要策動更殘忍的報復吧？」

很有可能。

徐子凡想起總是笑得很邪惡的店長，他還欠韓凜一次打工，在狹小的空間裡他一個人絕對敵不過兩個人。他嘆了一口氣，就算只有韓凜一個人他可能也贏不了。

他到底為什麼要讓自己陷入萬劫不復之地呢？

就為了韓凜的笑。徐子凡掏出手機，開啟方才攫獲的畫面，定格之中的韓凜笑得好燦爛，彷彿那笑容就應該成為她的日常，貼合在她漂亮的唇邊；徐子凡安靜的站在原地很長一段時間，車又來了幾趟，也走了幾趟，他的心底深處隨著車的來來去去醞釀了些什麼，隱隱約約的。

他甩了甩頭，算了，不要多想，反正人只要順其自然就會走到該走的位置。

例如變態就往更變態的方向邁進。

不、不對，我才不是變態，徐子凡不知道該向誰否定，只好暫時和變態的標籤和平共處，等到下次見到韓凜再說，在那之前先把照片備份好。

洗一張送給韓凜好了。徐子凡壓抑住唇邊惡作劇的愉悅，探病好像不應該那麼輕快，沒關係，反正二阿姨只是割掉沒什麼用處的闌尾，應該是值得慶幸的事才對。

「認識的人嗎？」

「算是吧。」

「帥氣的臉龐配上一臉呆樣，這就是傳說中的反差萌嗎？」

「我不想涉獵那個範圍。」

「米娜教的。人要多攝取新知。」

「我不想知道黑暗世界裡的可怕東西。」

「真是膽小。」

韓凜扯開毫不掩飾的假笑，表示她不大想談論「剛剛那個男人」，嘉綺不是會窮追猛打的類型，意會的哼了聲旋即將話題轉向別處；她隨意的附和，兩個人的話題大多沒有特別意義，也搆不上營養的邊，並非不信任對方，也不是沒有想說的話，硬要說的話，就是韓凜和嘉綺都不擅長自我揭露，於是便迂迴的從事無關緊要的活動，其實就只是想說話、也想讓某個人聽自己說話，或者需要對方的陪伴罷了。

國中時期和韓凜最要好的女孩子曾經失控的朝她大喊：「妳沒辦法主動說我可以理解，但我問了啊，明明就一臉難過的樣子，為什麼我都追著問了妳還是什麼都不說？」

站在原地的韓凜即使痛苦到眼淚都流了下來卻還是發不出聲音，胸口有好多話想說，她想大喊卻連一個單音都擠不出來，那女孩帶著委屈哭著跑開，韓凜孤零零的站著，她想告訴那女孩，她真的什麼也說不出來，但就連這個解釋，她也擠不出來。

某些存在於人體內深處的痛苦，正因為無論如何都無法袒露才會成為傷害。對於自己的。以及對於他人的。

當時的韓凜不懂，等到懂了，身邊已經有太多人離她而去，她感到非常寂寞，然而在那些寂寞當中她稍微能夠明白對方的離去並非不愛自己，相反的是由於愛著自己才會受到傷害。

誰也沒有錯，只是誰都不夠成熟也不夠明瞭。

「妳不是見過他嗎？」

「誰？反差萌嗎？」

「隨便怎麼叫，妳那天不是拿傘給他嗎？」

「是喔，我沒注意看，就算看了也沒記住，又不是驚為天人的類型，而且，我喜歡的是成熟的男人，最好有著滄桑的眼神和一點鬍碴，真是太完美了。」

「妳去跟店長在一起吧，他完全符合妳的需求。」

「才不要。」嘉綺厭惡的嘖了聲，「小田切讓我可以，店長，去撞牆比較快，當然，是他去撞。」

「我會轉告店長。」

「隨妳，不過妳是跟反差萌有什麼曖昧嗎？他的行為簡直是癡漢……不過也對，捷運是癡漢的主場。」

……主場？

韓凜克制不住的笑了出來，「店長幫他取了變態君的綽號。」

「笨拙的變態，果然是反差萌。」

「妳還是冷靜一點比較好。」

「韓凜。」

「怎麼了？」

「好可怕。」

「什麼東西可怕？」

「妳。」嘉綺伸出食指輕輕戳著韓凜的右臉頰，「我第一次在妳的臉上看見少女的光采，完全，讓人，毛骨悚然。」

「不懂妳在說什麼。」

「妳不用感到自卑或是難過，這世上喜歡變態的人意外的多。」

「到了啦。」

「閃躲就是一種承認。」

「妳知道我才跟他見過幾次面嗎？」

「妳知道有個成語叫做一見鍾情嗎？」

「那妳知道有個成語叫做一刀斃命嗎？」

「我們去吃霜淇淋吧。」

二阿姨的精神非常好，好到讓徐子凡幾乎招架不住，隨便找個理由逃了出來，他終於知道為什麼表哥會以幾乎懇求的口吻拜託他到醫院探望二阿姨，離開前在走廊遇見表姊，她乾脆的把探病送來的哈密瓜塞進他懷裡，多吃一點，說完便竊笑著走進病房。

這一家人都超級奇怪。

捧著哈密瓜搭捷運有一種難以言喻的困窘，他只好低著頭瞪著哈密瓜的漂亮紋路，甜香味隱約飄送著，他想起張景佑喜歡吃哈密瓜，儘管改變不了他和哈密瓜獨處的現狀，但套上了目的性就能改變心理狀態；他一邊想著一邊用奇異的姿勢掏出手機，躲到車廂角落按下了早已背起的號碼。

「想我嗎？」

「不想。要吃哈密瓜嗎？」

「哪來的哈密瓜？」

「我表姊給的，不管是哪來的都不重要吧。」

「任何事都必須要有鋪陳，即便是無謂的內容，也是必要的。」

「我只接收到『張景佑很無聊』這個事實。」

「唉，沒有你，我的心就是空蕩蕩的一片荒野。」

「夠了。」

「你總是無視我的感情。」

「我應該跟某人學習乾脆的無視你。」

「真是殘忍。」與話意截然相反，張景佑愉快的笑了出來，「你在哪？」

「捷運，快到雙連。」

「我在家，那我先去買點飲料，等一下約在捷運站。」

「嗯。」

徐子凡和新朋友哈密瓜又搭了好幾站，換了一次車，又搭了幾站，途中引來不少年輕女孩的注目，原來哈密瓜這麼受歡迎，如果帶著哈密瓜走到那些女孩面前，爽朗的說著「嘿、想認識我朋友哈密瓜嗎？」說不定會要到電話號碼。

徐子凡有些自暴自棄的想著，沒有意義的瞪了「可能比自己還受歡迎」的哈密瓜一眼。

終於步出捷運站卻又迎上打量自己的大嬸，哈密瓜少年很稀奇嗎？再看我就用高級哈密瓜扔妳。

徐子凡當然沒這麼做，個性溫和的他連想像都顯得溫和，才剛想像到哈密瓜砸到大嬸的畫面，就擔心畫面裡直直朝大嬸飛去的哈密瓜會傷到對方，在命中目標之前他就取消了想像。

真是沒用。他有些無奈的嘆了一口氣，不知為何忽然想起韓凜冷淡的注目，說不定就是察覺到他的沒用韓凜才總是無視他；但他同時想起韓凜拚命壓抑的哭泣，可能也是由於他的沒用才讓韓凜不那麼顧忌。

凡事都是一體兩面。張景佑曾經這麼說過，無論多麼好的人都能找出缺點，無論多麼壞的人也都能找出優點，重要的不是多寡，而是站在自己對面的人重視的是什麼。

韓凜重視的是什麼？

「不對，這關我什麼事？」

徐子凡甩了甩頭，認真的注視著哈密瓜，「對吧，跟我一點關係也沒有。」

提著超市塑膠袋緩緩走近的張景佑迎上的便是這一幕，果然是徐子凡，總會有不經意的展現，該說是出人意表呢，還是符合想像呢，一時間張景佑也給不出結論來。

「你跟哈密瓜感情那麼好，它知道你等一下就要吃掉它嗎？」

「我還沒告訴它。」

「說不出口嗎？」張景佑作態的拍拍徐子凡的肩膀，「也是，你的溫柔是一種體貼卻也是一種殘忍。」

哈密瓜暫時活了下來。

彷彿真的培養了感情一樣，徐子凡絲毫沒有剖開哈密瓜的意願，鴕鳥般的將哈密瓜放進小冰箱，像是訣別一樣壯烈的關起冰箱門。

「送給你，我回去之後你再吃。」

「我的胃都已經做好迎接哈密瓜的準備了。」

「就跟你的胃說哈密瓜遇上塞車，晚上才會到。」

徐子凡假裝沒看見張景佑調侃的笑，轉移焦點般的將寶特瓶裡的綠茶倒進玻璃杯裡，他偶爾會有點多愁善感，大概今天就碰上這個偶爾，他喝了一大口冰涼的綠茶，忽然納悶的望向張景佑。

「你不是說有小組討論嗎？」

「嗯，照例沒有共識，激烈的，冗長的，最後彼此妥協的並不是論點，而是時間。」

「畢竟沒有人想為了選修課的討論花費太多時間吧。」

「這就是最大的問題，明明是自己選擇的課，卻又擺出感到困擾的姿態，我實在沒辦法忍受這一點。」張景佑輕輕聳了肩，「不過意外的是這樣的態度隨處可見，比柏油路的佔領面積還要廣大，就連戀愛也是，『雖然是我決定要和你在一起，但你展現出的樣貌實在和我的想像不符，而你又不願意改變，這讓我感到非常困擾』，真要說的話，這樣的人才是最讓人困擾的人吧。」

「真不應該在你結束討論課後不久來找你的。」

「不喜歡這樣的『餘韻』嗎？」

「也不是，但我的腦細胞現在不處於備戰狀態。」

「那、換成另一種『餘韻』吧。」

「另一種？」

「我又遇見那個讀夏目漱石的女生了。」

徐子凡才剛嚥下一口綠茶，帶有微微澀味的人工甘甜在唇齒間漫開，他給了一個曖昧的表情，偶爾他們會談論起某些女孩，但張景佑這次的態度明顯不一樣。

張景佑的戀愛經驗和他差不多貧乏，告白的女孩很多，但張景佑卻沒有太大的興趣，張景佑的初戀甚至比他來得晚，維持了一年多的戀情最後同樣無疾而終，與其說是非常喜歡，倒不如說對戀愛本身感到興趣，抱持這樣的態度本來就不可能得到結果，值得慶幸的大概只有那女孩始終不知道這一點。

某個時期他甚至懷疑過張景佑對自己的感情，當然是在表姊的危言聳聽下稍微考慮了這件事，但他很快的否定了這個可能性，因為張景佑交了第二個女朋友。

短短兩個月的戀愛，像要將所有感情與可能完全濃縮一樣轟轟烈烈的。

女孩是敏感同時個性激烈的類型，那段期間大概是他和張景佑聯絡次數最少的日子，女孩希望佔有張景佑所有的位置，無論是具體的身旁、抽象的時間，或者心裡的感情；張景佑不喜歡被拘束，卻任由女孩顯得蠻橫的舉動，為了滿足對方的感情而擠壓自己的感情，儘管不可能長久如此，兩人之間卻沒有任何轉圜，也只有這個選項，因為女孩並不懂得退讓。

戀情理所當然的結束了，在離開前女孩說了許多殘忍的話，並非由於恨，而是必須藉由傷害對方來保護自己；張景佑消沉了一段時間，憔悴得幾乎讓他認不得，張景佑在他身旁哭了幾次，那打從心底深處發出的哀鳴深深的震動了他的感情。

凝望著脆弱的張景佑，徐子凡不知為何的感到一股羨慕，由衷的羨慕。

「所以要到電話了嗎？」

「沒有。」

「那你還那麼開心。」

「因為我領悟到了一件事。」

「什麼事？」

「這世界上有某些存在，只要能稍微接近，就算是零點零一公分，也會讓人感到開心。」

「你應該很清楚人性就是越靠近就會越貪心。」

「我也一直這麼覺得。」張景佑扯開非常溫柔的微笑，「但正因為貪心，才會讓人有更加靠近的欲望，也才會有抵達對方的可能性。」

可能性。

這三個字隱約撩動了徐子凡的感情。

他聽見張景佑明快的嗓音在耳畔浮動著，「無論那可能性究竟是百分之九十九或者百分之一，說到底，也就是一和零，但對我而言那並不是由得到與否來斷定一和零，而是在我心底是不是產生了什麼又或者改變了什麼，就這層意義而言，即使我和她還離得那麼遙遠，但我已經從她身上得到那個一了。」

「你喜歡上她了嗎？」

「不知道。」張景佑有短暫的停頓，但旋即揚起無所謂的笑，「反正總會知道的，既然如此，就姑且隨心所欲了。」

「還真隨興。」

「感情這種事越是不多加思索，越是能看見核心啊。」

08

徐子凡手上拿著韓凜的照片。

他不是積極的類型，也很少有衝動的時刻，但他看見沖洗店就不自覺踏了進去，把複製到隨身碟裡的照片洗了出來，還彩色的。

為了避免尷尬他混進幾張隨手亂拍的照片，帶著一點文青的虛張聲勢，彷彿畫面裡的女孩對他而言只是街景的一部分，他多拍了兩張巷口的拉不拉多，藉此表示自己關注動物比關注韓凜多一些。

沖洗店老闆根本不在乎他拍了些什麼。

想也知道。

徐子凡把韓凜的照片抽了出來，小心翼翼的夾進記事本，有著地中海禿的老闆一臉不在乎的將照片遞給他，就算裡頭每一張都是韓凜，他想老闆依然會擺著無所謂的臉；然而徐子凡就是作賊心虛，他沒有觸犯任何法律，但終於明白不是做虧心事的人才會感到心虛，當擁有了一份或許自己不該擁有的東西時，同樣會感到心虛。

「變態君，今天來得真早。」

「我本來就是會提早到的類型。」

「不是迫不及待的想見到小凜嗎？」

「才不是。」

「不坦率也是一種青春吶。」

「這世界上最不坦率的生物叫做『大人』好嗎？」

「那不叫不坦率，而是考量，是經過層層思索之後決定壓抑自己的感情，當然我不是說年紀輕的人就沒有考量，單純就你的狀況而言，大概就只是膽小或是沒用這種程度而已。」

「你又知道我是什麼狀況了？」

「不就是喜歡小凜但死命假裝自己不喜歡嗎？」

「我、我才不喜歡冷冰冰又老是無視人的韓凜——」

門忽然被推開了。

鈴鐺叮叮噹噹的響著，店長毫不掩飾他沒有同情心的笑容，不用確認都能感覺到背後那股冷颼颼的氣息來自何人，徐子凡僵硬的轉身，果不其然對上韓凜媲美絕對零度的眼眸。

「小凜來啦，太陽很大吧？」

「嗯，很熱。」

「我剛剛跟變態君聊到妳呢。」

「你不要興風作浪！」

「誰叫你不先學好衝浪，人生呢，就是要具備許多技能來應付突發狀況，這也是一種訓練。」

「我不需要這種訓練。」

「是嘛。」店長瞇起眼點了點頭，像拍狗一樣拍了拍他的肩膀，「唉，年輕人就是年輕人，等我走了之後你才會知道，比起洶湧的風浪，一灘死水才是真正的磨難。」

「什麼？」

「小凜，我先走囉，晚上見。」

「嗯。」

然後店長真的走了。留下徐子凡和韓凜以及冷冷的沉默，原來這就是一灘死水啊，徐子凡又湧生了不合時宜的感想。

總之不知所措的時候就去洗碗。

「我剛剛——」

「不要說話，很吵。」

「心情不好嗎？」

「關你什麼事？」

「妳態度真的很差耶。」

「因為我就是冷冰冰又老是無視人，所以你不要跟我說話。」

徐子凡看著擺明就是在生悶氣的韓凜，方才的不知所措忽然煙消雲散，韓凜好像很在意自己剛剛說的話，他忽然有點愉快，嘴角揚起藏不住的弧度。

他突然覺得，韓凜有點……可愛。

果然又是不合時宜的感想。

「笑什麼？」

「妳果然是傲嬌的類型。」

「想被揍嗎？」

「不想。」徐子凡搖了搖頭，抬起沾滿清潔劑泡沫的食指輕輕點上韓凜的鼻尖，在她發怒之前他搶先了一步，「妳笑起來比較可愛。」

「要你管。」

韓凜沒有生氣，抿著唇整理著吧檯，其實也沒什麼好整理的，店長雖然長得一臉邋遢但意外的有條理，她胡亂的忙了半天也只是把菜單疊好接著又換另一種方式再疊一次。

徐子凡覺得自己好像有一點明白了，韓凜並不是無情或者冷淡，大概只是不擅長處理情緒，硬要說的話就是有點沒用的類型。跟自己有點像。他又默默的笑了，乍看之下彷彿柔軟得什麼都能包容的自己，不過就是不擅長所以什麼都默默的接受，表面看似渾身是刺的韓凜，事實上反而是纖細敏感的單純女孩——

「不要像變態一樣盯著我看。」

「反正在妳眼底不管我怎麼解釋都已經脫離不了變態的標籤了，既然如此，我也應該盡一下身為變態的責任。」

「徐子凡。」

「嗯？」

「你知道今天結束之後，你的債就還完了嗎？」

韓凜以安靜的姿態注視著徐子凡，掛在他臉上的愉悅笑容緩慢的斂了下來，像是在思索她的話意一樣，認真的進行著思考。

——我和你已經沒有任何維繫關係的必要了。或者，我和你已經失去了觸碰彼此的理由了。

沉默如煙霧般繚繞在她和他身旁，所謂的沉默並不那麼沉重，而是黏附在彼此的呼吸起伏，吸吐都是無言。韓凜別開了眼，將視線固定在窗邊的常客身上，她戴著耳機專注的讀著書，彷彿這整個世界都與她無關。韓凜想著，縱使靠得那麼近，說到底，徐子凡壓根與她無關。

但為什麼她感到有些難受？

「我和妳之間一定得存在著虧欠嗎？」

「什麼？」

「韓凜，人和人之間不需要對價關係，甚至連理由也不需要，也不是，反正我的意思是，不需要那些很冠冕堂皇的理由，覺得跟這個人在一起很開心，想見到這個人，或者不想失去這個人，無論是什麼，都已經太過足夠了。」

韓凜不自覺的咬著唇，她不明白徐子凡為什麼聲音裡會混著細微的激動，但她像個被訓話的小學生站在原地，過了很長一段時間才勉強找到拙劣的話語，卻讓徐子凡的情緒更加膨脹。

「我跟你，本來就只是受害者和肇事者的關係——」

「一定要關係是吧？」徐子凡逼近了一步，伸出手扯住她的左手臂，屬於徐子凡的溫度強勢的傳遞而來，「我等一下就告訴店長我要來這裡打工。」

「你到底為什麼要擺出一副生氣的樣子啊？」

「因為我就是生氣，不知道為什麼就是生氣，反正就是生氣，看見妳的臉就生氣。」

「那你不要看我。」

「就是這樣才更生氣，明明看著妳的臉就覺得生氣，但還是忍不住一直想看妳。」

徐子凡說了什麼？

兩個人的對峙在句點後的尾音還未消退之際便應聲瓦解，韓凜像猛然清醒一樣甩開徐子凡的手，後退了兩步睜大眼睛瞪視著他，徐子凡臉部表情僵硬得像是剛消化完自己的話意，溫柔的鋼琴旋律簡直像是為了突顯兩個人的凝滯而飄送一樣。

「我、我沒有別的意思，妳千萬不要誤會。」

「有什麼好誤會的？」

「沒有，什麼都沒有。」

「去擦桌子啦。」

徐子凡抓起抹布就往距離最遠的桌子走去，桌子很乾淨，但他還是假裝很髒一樣仔仔細細的擦拭，韓凜從櫃子裡拿出花生和磅秤，就算昨天已經分裝了足夠的量，但她沒有其他的事好做。

她沒辦法專心。

放下手中的夾鍊袋，她索性直勾勾的盯著徐子凡，反正徐子凡很努力在裝忙，無暇分心到她身上。韓凜感覺自己的胸口熱熱的，她很早就從徐子凡身上隱約感覺到了什麼，縱使沒有，店長的煽動也足以讓她多花一些心思確認。

韓凜不擅長處理感情，她不乏追求者，告白的就拒絕，沒告白的就當作不知道，久了對方的感情也就淡了、散了，不說破反而是好的；然而徐子凡卻總是有意無意的扯著她的感情，使她瞥見某些可能，於是矛盾的自我又浮上檯面，一邊抗拒著那些可能，一邊又對那些可能懷抱著希望。

然而韓凜最害怕的，就是徐子凡的愧歉，她不能夠肯定他之所以溫柔的對待自己，是否由於那場雨中的事故，她非常害怕，也許哪一瞬間抬起眼，她會看見如同哥哥雙眼中深深烙印的抱歉。

——我和妳之間一定得存在著虧欠嗎？

但他這麼說了。

那個晚上他也同樣說過，他欠的已經用身體還了，他並不感到虧欠，事實上也沒有什麼好虧欠的，只是，在大雨之中凝聚在他雙眼的抱歉讓她留下太深的印象。

她和他，能夠有一個簡單的開始嗎？

「你和小凜怎麼了嗎？」

「沒什麼。」

「鬼才相信。」

「那麻煩店長就改行當鬼吧。」

「要是我改行當鬼的話，你和小凜就得當鬼屋的工讀生了，對了，變態君喜歡cosplay 嗎？你比較喜歡扮雪女，還是聶小倩？」

「這兩種形象根本差不多吧，擺明就是你的喜好。」

「當然要以店主的喜好為主啊。」店長爽朗的笑了幾聲，又壓低聲音在徐子凡耳邊說話，「給你一點福利，你想看見小凜穿上什麼衣服啊？」

「我才沒有那種想像。」

「真不正常，實在有辱變態君的名諱。」

「那就不要這樣叫我。」

「我的眼光很準的，你只是還沒甦醒罷了。」

「算了。」

「等你覺醒再通知我，反正隨便弄個嘉年華或是開店周年的名義，小凜總會妥協的，在那之前，你就認真討好我吧。」

「我才不——」

「店長，都弄得差不多了。」

「我們小凜就是能幹，變態君實在差遠了，要不是你是變態，我才不會錄取你。」

「這話聽起來怎麼有點奇怪？」

「我要先回宿舍了。」

「還不追上？」

「我——」

「小凜什麼時候上班你就什麼時候上班，快去啊，就說不知道班表，發什麼呆。」

店長毫不客氣的踹了徐子凡一腳，他踉蹌的跑出店外，韓凜還沒走遠，他抓著背包匆忙的跑到她身側，韓凜一點理會他的意思也沒有。

「店長要我來問妳班表。」

「我會傳簡訊給你。」

「韓凜。」

「做什麼？」

「妳不能對同事友善一點嗎？」

韓凜突然停下腳步，他反應過來時兩個人已經相距了三步，他注視著陷在黑影之中的韓凜，試圖分辨她細微的表情，但徐子凡看不清楚，也許那是韓凜刻意挑選的位置。

「我已經把你的來電顯示從肇事者改成徐子凡了，你還有什麼要求？」

「友善的微笑之類的……」

「不要得寸進尺。」

「妳自己問我有什麼要求的耶，我只不過是老實回答而已，老是挖洞給人跳。」

「我現在不想笑。」

「先給妳欠著。」

徐子凡往前踏了一大步，讓自己也陷入黑影之中，他沒有意識到自己唇邊泛開的笑太過溫柔，他彎下身，讓自己稍微靠近韓凜一些。

「韓凜，等到妳認為我和妳之間不需要誰欠誰的那天，妳再對我笑吧。」他說，嗓音如微風般撫過韓凜耳畔，「那樣我就會知道了。」

徐子凡伸出手輕輕拍著韓凜的頭，帶有微微寵溺的揉著，有些什麼在徐子凡和韓凜之間安靜的滑動，姑且就隨心所欲吧，他想起張景佑說過的話，也許，他所懷抱的核心不過是想離韓凜近一點。

韓凜輕輕眨了眼。

她凝望著隱匿在黑影中徐子凡的淺笑，那樣我就會知道了，他這樣說著，徐子凡也許是看穿了她的不擅言詞，所以不必說話也沒關係，只要扯開笑，他就會明白了。

他說。

「就算走得很慢也沒關係，反正我是那種時間很多的閒人。」

「那要走到哪裡去呢？」

「不知道，總之走著走著就會知道了。」

推開玻璃門的瞬間韓凜才感覺到有些不尋常。

徐子凡已經到了，坐在窗邊的角落，低著頭認真的讀著講義，韓凜有些不自在的拉了拉背帶，濃郁的咖啡香氣瀰漫在涼爽的室內，她深吸了一口氣，盡可能神色泰然的走到徐子凡面前。

「我幫妳點了冰拿鐵。」

「嗯，謝謝。」

韓凜拉開椅子坐下，拿出統計課本時恰好迎上徐子凡的笑，她若無其事的翻開事先黏上便利貼的頁數，煩躁的回想著自己為什麼會陷入這種微妙的場景。

也沒有為什麼，不過就是徐子凡打了電話給她，她沒有多想就接了起來。

「我是徐子凡。」

「做什麼？」

「下午有課嗎？」

「一、二節。」

「我沒課，反正晚上要打工，我就帶書來你們學校旁邊的西雅圖念了，下課後直接過來吧，下下星期就要期中考了。」

「為什麼我要跟你一起念書？」

「聽說對付傲嬌病患就要強勢的替對方做決定。」

「我不要。」

「我現在已經在這裡了，一邊念書一邊等妳，覺得有點過意不去了吧，不過其實妳也沒有必要在意，反正是我自顧自的約定。」

「卑鄙。」

「我聽見上課鐘聲了，待會見。」

「誰要跟你待會見。」

但韓凜還是來了。

本以為會對上徐子凡得意的表情，但他沒有，只是簡單的微笑，接著又將注意力拉回桌前的講義，沒有多餘的閒聊，胡亂想著什麼的韓凜反而感覺心虛，喝了半杯水鎮定心神後才有辦法理解面前的數字和符號。

她解了幾個問題，來來回回的困在t檢定和ANOVA之間，明明歸納重點的表格相當簡單明快，到了韓凜手邊卻顯得糾結複雜。她總是想，人們拚了命想尋找出A與B的關聯，A究竟會不會影響B呢，A到底能對B產生多大的影響呢，又或者表面上能影響B的A是不是在陰影處藏了某個C呢，於是蒐集了大量的資料試圖分析，認真的考慮信度以及效度，甚至訂出了嚴格的信賴區間，最後得出了一個廣泛的、卻帶有說服力的結果，在那些結果當中，個體不過是樣本之一，身為極端值的某部分還必須被事先剔除；一邊強調著個別差異，另一邊又抹去個體獨立性，儘管明白這是一種取捨，但韓凜還是感到相當困惑。

「越相處越覺得妳普通。」

「什麼？」

「煩躁的計算著題目，一臉想擺脫眼前的課本，我本來以為妳會是那種不帶表情從容解題的人。」

「要你管。」

「我覺得滿開心的啊，幸好妳不是那種讓人望塵莫及的優等生，這樣我、和妳的距離又近一點了吧。」

「不要自我滿足，我只是不喜歡統計，並不代表我沒辦法應付，雖然不想這麼說，但在你的世界裡知道什麼是書卷嗎？」

「我當然知道，就是少數特別討人厭的人會獲頒的獎項吧。」

「嫉妒嗎？」

「不會。」徐子凡曖昧的抿著笑，「因為我通常會被歸類在討人喜歡的範疇。」

「無聊。」

徐子凡居然面帶愉悅的笑了。

真是莫名其妙。韓凜用力的翻了一頁，玻璃杯裡的冰塊早已融化殆盡，濃郁的咖啡香味滲進了意識成為理所當然的存在，她聽見書寫的細微聲響，稍微抬起眼，對面的徐子凡恢復了專注的姿態，她看著他，就只是如此簡單的敘述句，卻讓她的胸口感到有些悶滯。

韓凜隱約的感覺到，她居然開始習慣了徐子凡的存在，兩個人相處的時日明明那麼短，不知不覺中他卻來到了她的跟前，若無其事的說著話、笑著，她幾乎要以為打從一開始他就應該在這裡。

然而他不是，徐子凡甚至不是韓凜學校裡的學生。

「跑這麼遠來念書，是在你們學校混不下去嗎？」

「因為太受歡迎不知道該選擇誰，所以只好找一個遠一點的地方，跟一個比較孤僻的人一起讀書。韓凜，妳是那種該聊天的時候老是閉緊嘴巴，該專心的時候老是想說話的類型嗎？」

「覺得吵嗎？」

「嗯，有一點。」

韓凜吞下了所有聲音，略顯不快的低下頭，徐子凡注視著不經意顯露出孩子氣的韓凜，感到有些好笑。其實他可以陪韓凜說話，他並不是在考試前才積極準備的類型，但他總感覺不能太順著她，說不定韓凜的性格就是來自周旁人們的退讓。

徐子凡不是認為自己比較成熟，不過是提早明白某些現實，人的感情比想像中脆弱，也比想像中薄弱，縱使能夠理解韓凜的不擅感情，卻不意味著她的推拒或者舉動不會帶來傷害與困擾；某些人想從反覆的推阻裡確認對方的感情，但那往往成為一種揮霍，當對方傷痕累累的離開，留在原地的人反而更加固執的認定「果然這世界上沒有真正的愛」，那根本是場粗劣的鬧劇。

「差不多該走了。」

「不要跟我說話。」

「如果我真的再也不跟妳說話，這樣無所謂嗎？」

徐子凡拋下問號後便收起了聲音，他安靜的收拾著個人物品，站起身等著動作略顯遲疑的韓凜，她偷覷著他的側臉，彷彿打定主意再也不給她任何言語；韓凜感到有些慌張，她一直認為想走的人就會走，挽留不過是一種勉強，但她也明白那不過是保護自己的藉口，她害怕，拉住對方後得到的是被揮開的下場。

——我離開也無所謂嗎？

沒有人問過韓凜這個問題，於是她也就順理成章的不去思考這個問題，在她習以為常的世界裡，他人的感情都是橫斷並且不存在答辯空間，父親如此，母親也是，就連陪著她一起掙扎的哥哥也選擇了不告而別。

無所謂了，對她而言通通無所謂了，韓凜的自身從某個時期就死了大半，往後的每個他人對她而言都不再那麼重要了。

但是，她真的無所謂嗎？

韓凜感覺自己正微微顫抖，沒有，拚命搜尋記憶卻得不到任何肯定，她又看了一眼沉默的徐子凡，但是發不出聲音，她想起自己在這種特別需要言語的時刻總是說不出任何話，該怎麼辦才好，她不知道。

她跟徐子凡沒有稱得上堅定的聯繫，沒有他也無所謂，嗯，無所謂，韓凜咬著唇，幾乎就要重蹈覆轍，在對方重要到足以傷害自己之前先轉身逃開，那就再也不會有能夠傷害自己的人了。

代價是韓凜的體內永遠有一塊空缺。

空空蕩蕩。

韓凜小心翼翼的伸出手，扯住徐子凡的衣襬，她仍舊咬著唇，低著頭死命的盯著自己的手與衣襬的交疊，徐子凡放慢了腳步，最後停了下來。

「我受傷了。」

徐子凡的聲音顯得有些低啞，他拉開韓凜的手，在她以為自己的手即將滑落的瞬間徐子凡卻沒有放開，她有些怯懦的抬起頭。

「下次妳要請我喝咖啡，要特大杯的份量才能彌補我。」

「……敲詐。」

「嗯，接下來要騙的就不會是咖啡這麼簡單了。」

10

韓凜忽然想起徐子凡。

她又頂著烈日撐著傘坐在圖書館前的階梯，這次沒有帶書，純粹來發呆。

十分鐘不到韓凜又站起身，並非忍受不住熱度，也沒有其他待辦事項，單純是她意識到隨著體內水分的蒸發，連帶她的意志也變得稀薄，並且消散的份量不是含有徐子凡的部分，於是在她腦中關於徐子凡的比例劇烈增高，幾乎動搖了她的精神。

這違背了韓凜的預期。

她收起傘走向身後的圖書館，踏了幾步又改變心意，她轉換了方向卻拿捏不定主意，於是她來來回回改變了幾次方向，最後停在附近的樹蔭底下，用力的吐了口氣，她根本沒辦法理解此刻的自己。

「有什麼煩惱嗎？」突然降下的話語讓她不覺微顫，男孩不知何時走到了她的身旁，帶著一貫的爽颯氛圍，「不過舉棋不定的模樣很有趣，讓人很想探究『那個人到底在演什麼內心戲』呢。」

「跟你沒有關係。」

「這我找不到反駁的餘地，但是，希望往後的某天我也能夠進到妳的內心戲裡。」

「你到底想做什麼？」

「要聽場面話還是實話？」

「都不想。」

「妳真是意外棘手的類型，嗯，該怎麼說呢，很會傷人自尊，特別是男人。」

「我不想傷害你，所以請你也不要走過來讓我有機會傷害你。」

「很有哲理的勸告。」

韓凜有點不耐煩的看著他，但託他的福，徐子凡的身影稍微模糊了些，她暗自整理了思緒再度面對眼前的男孩，「那麼就說吧，你究竟想做什麼？」

「妳真的預備要聽嗎？」

「什麼意思？」

「人呢，是非常奇妙的生物，時常做出要求，但如願得到回應後卻又想推翻自己的要求，尤其是言語，或者感情，跟消逝的時間一樣，是絕對不可逆的。」

「這世界上沒有任何人能夠做好預備，人性就是任性而荒謬，因為我不想承受一個陌生人成天在身邊打轉卻不知來意的模糊性，所以當然要問。至於得到的答案是不是我想要的，那不是你或者我能夠決定的，而是打從一開始你的身上就帶著那樣的答案。」

「大概，但人的答案也是會更動的。」

「既然如此，在你決定作答之前，請你離我遠一點。」

「對妳來說我的每一次出現都很唐突吧。」

「不是嗎？」

「嗯，確實如此，但被蓄意製造的接點在我的意志內部卻是種必然，因為缺乏偶然卻又想往那個方向前進，韓凜，妳就站在那裡。」

「不要採取迂迴的比喻法，我不希望有任何曲解或者曖昧不明在陰影處滋生。」

韓凜筆直注視著男孩，他淺淺的笑了，理解般的輕輕點頭，往後退了一步，兩個人的距離拉開後韓凜反而更清楚的看見他。

「一開始覺得有趣，第二次見面之後就想跟妳要電話，在要到電話之前，我沒辦法回答妳下一步動作，所以，想知道的話就和我交換電話吧。」

「我不想知道。」

「不過我也不是那麼循序漸進的人。」

「我要走了。」

「韓凜。」

「我跟你不是能夠隨意喊出對方名字的關係。」

「我和妳不能有一個稍微友善一點的開始嗎？」

「要開始什麼？」

「例如，開始一種能一起喝咖啡的關係。」

「不需要。」

「那麼——」

「韓凜？」熟悉不過的叫喊從另一端傳來，韓凜側過頭看見走近的嘉綺，這樣一來男孩就沒有攔住她的理由了，但嘉綺下一句話卻包含了男孩的名字，「張景佑？原來你們認識啊。」

「好久不見。」

「上星期才在新生大樓打過招呼，哪裡來的好久不見。」

「我跟韓凜剛剛在討論要到咖啡店躲太陽，妳要一起來嗎？」

「誰跟你——」

「嗯，好啊。」

「我還有其他的事情……」

「韓凜，」張景佑給了她一個戲謔的眼神，語重心長的說，「做人要合群一點。」

嘉綺忍俊不住，噗哧的笑了出來。

「老是出主意拉著身旁的人跑來跑去的人最喜歡拿合群來說嘴，明明自己才是懷抱著不同考慮的那一個，何況韓凜才不會輕易妥協，這種時候呢，直接拉著她走比較快。」

「沈嘉綺妳——」

「妳真是給了很好的建議。」

「妳是打算把我賣給奇怪的大叔嗎？」

「不是，我只是口渴。」

張景佑是學生會幹部，嘉綺是系學會副會長，韓凜對公共事務沒有太大的關心，所以不清楚他們的來往會有多密切，但嘉綺的喜好分明，既然會拉著她一起踏進咖啡店，就意味嘉綺對張景佑的評價是正面的。

韓凜煩躁的攪拌著卡布奇諾，冰塊碰撞杯壁發出清脆的聲響，她托著下巴，視線刻意避開張景佑的方向，儘管這是無用的抵抗但至少她心情會比較好。

「你對韓凜有興趣嗎？」

「一開場就投高速直球，我該順勢揮棒嗎？」

「不要拿我當話題。」

「成為話題中心的人就算大喊『不要談論我』，結果也只是讓人更起勁而已，放心，我會替妳保留發言權。」嘉綺再次轉向張景佑，「所以呢？」

張景佑曖昧的笑了。

「球速過快我還是決定這球 pass 了。」

「這樣可能會被三振喔。」

「總比直接被接殺好。」

「我印象中你沒有這麼謹慎或者、膽小。」

「謹慎的程度不只跟個性有關，跟在乎的程度也成正比。」

「嗯哼，這種程度就是 Yes 了吧。」

「妳這樣說韓凜大概立刻就給 No 了，所以，無可奉告。」

「韓凜單身喔。」

「沈嘉綺！」

「看見機會還是要好好考慮，不管之後的決定是什麼，在我看來，妳太習慣不加思索的就推掉所有機會，就連小大一也不會這麼奢侈。」

「以身價漲跌作為選擇對象的基準，換個說法就是減低感情的比例，雖然不那麼喜歡這個人，但對方是有限選擇中最佳的選項，簡直就像是在固定預算內精打細算挑出最好的東西。」

「雖然這種形容讓人感到些許無奈，但不可否認現實內必然存在著折衷與讓步。」張景佑輕扯了下嘴角，「儘管毫不顧慮現實，將自身感情擺放在首位，可能會讓人得到轟轟烈烈的戀情，但拚了命擠出自己體內的感情，就算架上的東西遠遠超出自己的預算，不惜求助高利貸也要得到手的舉動，最後也只是淪為自我毀滅罷了。當然青春就是如此，不斷擺盪於理想與現實的衝突之間，試圖取得平衡，但所謂的平衡，簡單來說也就是一種折衷。」

「在韓凜面前說這種話不太妙吧。」嘉綺的笑從嘴邊滑出，「但是這樣的起點說不定意外的適合，考慮了許許多多的方面後才牽起手的兩個人，即使遇到阻礙也會設法解決，除此之外忍耐力也會高一點，例如感覺『對方沒有掏出百分之百的愛』，會想著『至少他是愛我的』而非想盡辦法擠出對方的愛，比例這種抽象的感覺主觀到比七夜怪談還可怕，一旦認定了，說什麼都沒用，即便事實上對方的確拿出了全部的愛，還是會認定『一定還有其他沒拿出來的部分』，從這種縫隙鑽進去，兩個人絕對會摔下斷崖粉身碎骨的。」

「我真慶幸跟妳的關係良好。」

張景佑和嘉綺愉快的笑聲輕輕震動著空氣，韓凜咬著吸管，輕瞪了嘉綺一眼，絲毫不構成殺傷力，她明白嘉綺並不真的想涉入她的感情，大概只當作午後的消遣調侃著兩人；然而嘉綺拋出的話語卻精準的命中紅心，韓凜不敢斷定嘉綺究竟是有意或者無心。

韓凜想起在某個睡不著的夜裡，她和嘉綺聽著其他室友的呼吸聲，窗外透進的微光勉強照映出彼此的輪廓，清楚的感受到對方的存在，卻又模糊的分辨不出彼此，嘉綺以緩而輕的口吻觸碰著韓凜的感情。

「有些時候覺得妳跟我很像，所以相處的時候不需要說明就能掌握住界線，對我而言拿捏界線不是那麼容易的事，因此能夠很放心的和妳交往；但我也稍微能夠理解自己身旁的人的感受了，雖然一開始就知道『那是對方的界線』，只是進展到某種程度後就會產生試探的貪婪，說不定我可以比其他人更近一點，這樣就意味著在對方心底我是特別的……這也不是說往後我就會改變，但能夠體會別人的心情也算是一種成長吧。」

「妳這是在誇獎自己嗎？」

「嗯，有進步當然要誇獎，何況對於自己根本沒必要吝嗇。」嘉綺悶悶的笑了，「但是啊，能讓我意識到這一點的妳，就某種程度來說比我還嚴重喔，人都是在有能夠比較的對象時才能稍微具體的掌握自己的位置，如果把我放在一公尺的位置，過去我所交往的人理想的界線都小於我，於是對方會產生不平衡，但妳啊，至少在我的眼裡，劃出的界線絕對超過一公尺，因此這次感覺到不平衡的換成是我……唉，人跟人的交往怎麼那麼複雜啊——」

「所以人才總是進退維谷。」韓凜無聲的嘆了口氣，「其實我常常苦惱著『該怎麼辦才好呢』這樣的問題，雖然明白『只要那樣做就可以了』，但那卻不是自己做得來的事，像是團康活動時其實只要上台唱首歌或者說個無聊的笑話就好，但大多數的人還是會拚命拒絕，不惜把熱絡的氣氛搞砸也仍然努力閃躲，真正被拱上台後卻表現得相當好，這時候得到的不會是讚賞，而是『明明就做得到』的噓聲，但人之所以抗拒不是因為沒有才藝，而是不擅長在眾人面前展現才藝，但就算這麼解釋，其他人也聽不進去。」

「難怪人的怨念無所不在。」

韓凜和嘉綺的對話在自嘲的笑聲中不了了之，隔天醒來後沒有人重新提起，也許有某些話題不適合在過於清醒的狀況下談論，嘉綺給了她若無其事的笑，說了「我出門了」乾脆的離開房間，帶著睡意的米娜軟綿綿的趴在韓凜身上，略高的體溫拉回了她的思緒。

「我走不動，順便載我去洗手間。」

「我不是計程車。」

「那我當寄生獸也沒關係。」

韓凜感到有些好笑的拖著米娜前進，她抓著牙刷的手在一旁晃啊晃的，儘管她不喜歡肢體碰觸卻不討厭米娜，大概這就是讓她最羨慕的物種了，無視於界線或者領域自顧自的踏進來，但沒有掠奪或者侵佔的意圖，總之就這樣大剌剌的闖進，晃個兩圈後又開開心心的離開。

對喜歡的人才會這樣啊。米娜有次一併「捕獲」了韓凜和嘉綺，兩個人卻拿她一點辦法也沒有，最後只得到了「原來面對天敵真的會動彈不得啊」的曖昧心得。

「韓凜，妳被賣掉了。」

「什麼？」

「誰叫妳要發呆。」嘉綺拋出了意味深長的微笑，忽然站起身連帶揹起包包，「我還有課，你們慢慢培養感情，bye-bye。」

「沈嘉綺——」

嘉綺當然沒有理會韓凜的意思，瀟灑的踏出咖啡廳，韓凜面前的卡布奇諾還剩下三分之二，她迎上張景佑毫不掩飾的注視，用力的吸了一口飲料。

「你們剛剛到底說了什麼？」

「不就當著妳的面說嗎？」

「我沒聽見。」

「真可惜。」

「張景佑——」

「嗯。」張景佑白淨的臉龐爬上明顯的愉悅，左手托著下巴興味盎然的瞇起眼，

「原來記得我的名字啊，真讓人開心。」

「我要走了。」

「雖然很可惜，但我也沒有立場挽留妳，不過，既然我和妳已經是能夠坐在同張桌子喝咖啡的關係，那麼我下一次就會帶著更明顯的意圖走近妳了。」

意圖。

韓凜心不在焉的思索著這兩個字。

她無聊的踢著小碎石，雖然好好的瞄準了但還是踢空好幾次，韓凜想不透張景佑對自己感興趣的理由，當然也有過不熟悉的人向她告白的經驗，但訝異中卻似乎有所明白，喜歡上韓凜的男孩們大多抱持著「想保護妳」的心情，從國中開始就有女孩子混著羨慕與不滿對她說「有一張楚楚可憐的臉真好」，韓凜有些冷淡的態度並不會讓她顯得堅強，反而勾起某些男孩的挑戰欲，想像著韓凜柔軟的依靠自己的畫面，有很長一段時間她很討厭自己的臉，那不單單來自厭惡他人以外表逕自賦予對方內容的獨斷，同時混雜某些她不願面對的什麼，韓凜嘆了一口氣，無論是什麼，她沒有在張景佑身上瞥見類似的影子。

韓凜轉了幾圈默默的踏進了打工的地方，康晴精神抖擻的說了「歡迎光臨」後才認出韓凜，店長的視線從手上的書移到韓凜身上，他招了招手，示意她過去。

「正好，朋友送了非常美味的綠豆糕，小晴剛剛還說下班後要拿到宿舍給妳呢。」

「真的很好吃喔。」康晴擺出誇張的回味表情，「配上溫潤的金萱，完全超出小確幸的範圍。」

韓凜點了點頭，端起店長遞來的茶杯淺啜，溫熱的茶水滑入她的體內，她看著印有精緻花紋的綠豆糕，手卻沒有移動的意思。

「小凜有心事嗎？」

「也不算。」

「不上不下的狀態那就算有吧，不是多讓人困擾的事，也沒有一定要解決，但就是會在意，人的體內存放的大多都是這種程度的事啊。」

「嗯。」

「在想變態君嗎？」

「我為什麼要想他？」

「這種事不需要理由，應該這樣說，這世界上不需要理由的事超出想像的多，人們努力說明、尋找理由的舉動根本是浪費時間，但大多數的人無法理解這一點，還是拋擲大把時間力氣試圖填補無數的問號，結果反而沒有餘裕從事正事了。」

「總之跟徐子凡一點關係也沒有。」

「沒有對手的戀愛就不有趣，溫溫吞吞的變態君受到刺激之後說不定會積極起來，非常好，唉啊，不要用這種表情看我嘛，我知道小凜的行情很好，但這從來就不是重點，而是我沒見過妳認真考慮過戀愛問題，難得變態君稱得上有戰力，沒想到會遭逢對手，果然是青春戀愛喜劇呢。」

「我什麼時候說過是戀愛問題了？」韓凜喝光了杯中的金萱，「還有，不要老是想把徐子凡塞過來。」

「怎麼看變態君都像在戰局內啊。」

店長不顧韓凜白眼呵呵的笑著，康晴正在替客人介紹茶點，韓凜伸出手指戳了戳綠豆糕，好不容易才把徐子凡趕出思緒但店長三兩下就又把他塞了回來，她吁了口氣，突然發現自己居然把眼前的綠豆糕當成了徐子凡。

真是荒謬。

「今天客人比較多。」

「總是有那種特別適合喝茶的日子，即使是咖啡成癮的人，也會有無論如何都想喝一杯茶的時刻，對我來說，成為一個讓人上癮的人太過疲累了，當一個在某個瞬間會被強烈想起的人就好。不過話是這麼說啦，後者說不定才是最難的。」

「店長為什麼不談戀愛？」

「因為我的心底沒有一人份的空間。」

「是嘛。」

韓凜沒有追問，總感覺那不是她能負荷的話題，店長臉上依然掛著流浪者的豁達笑容，和正在準備茶點的康晴玩起比手劃腳的遊戲，偷工減料一點吧，不行做這種事，客人不會知道的嘛，我多放一塊囉，店長誇張的晃著頭，康晴忍不住笑了出來，遊戲在店長得意表情中結束。

眼前這個顯得邋遢的男人總是以戲謔的方式遞出相當有份量的內容，韓凜咬了一口綠豆糕，綿密的甜味裹著香氣在口齒間化開，吞嚥的途中她忽然記起不久前和店長的對話。

「世間所有事都能以沉重的方式陳述，也都能用輕鬆的眼光看待，沒有非得怎麼做的規則，本來世界就是一片渾沌，試圖整理秩序根本毫無意義，即使建立了明確的條例，人的內心深處卻始終維持著失序的狀態，每個人都預備著脫軌，只要相應的信號被扔出，任何的抵抗都沒有作用，結果就只能感嘆著人世間的無常。」

無常。韓凜清楚記得店長在唸這個詞彙時語調不經意放緩，人要接受無常，她想起講師以黏膩的方式說出這句話，無常也就是對於渾沌的一種解釋吧，沒辦法掌握脈絡卻還是想安放說明，就像韓凜這些日子亟欲將自己內心翻攪的感情歸類，左右擺盪的，連帶著指涉的對方也像是在眼前搖搖晃晃的。

可以隨心所欲嗎？

如果這樣問，店長百分之百會回答「當然要隨心所欲」，但韓凜甚至忘了自己是不是有過隨心所欲的時刻，她總是張望著母親的臉龐，深怕漏看了某些線索而招來母親冷冽卻熱辣的言語；也避免讓自己的視線在父親身上停留太久，害怕察覺了她無法承受的流轉。唯有和哥哥相互依偎的時候，她能將懸高的心小心翼翼的放低，卻不能落地，因為她比誰都還要清楚感受到來自哥哥的顫抖。

「偶爾也約變態君出去玩嘛。」

「店長才是最喜歡徐子凡的人吧。」

「哈哈，說不定喔，但變態君應該還是喜歡女孩的。」店長替她斟滿了茶，卻遲遲沒有推到她面前，「泡了茶，也倒滿了茶，一心想讓對方品嘗，卻在某個坎糾結住了，不知道妳渴不渴，不知道這大熱天妳喝不喝熱茶，想著想著於是忍下了，茶涼了又獨自惋惜，難得的好茶，和我的心意都在妳不明白的暗處過了最香醇的時機；妳一輩子不察覺是我的遺憾，萬一妳發現了卻成了兩人的喟嘆，茶可以再泡，但已經不是當初最想遞到妳面前的那一杯了。」

韓凜聽著店長像是自言自語的喃唸，一時間分不清他是說給自己聽，或者說給她聽，甚至說給某個遠方的人聽，最後店長將涼掉的茶倒了，又重新斟了一杯。

「茶呢，是喝過了才會有感想，難喝的話吐出來就是。這杯不喝，那杯不碰，最後妳連茶是什麼味道都說不上來。」

「店長是在拐彎抹角的罵我嗎？」

「不是，是擺明的。」

徐子凡在校門旁來回踱步，忽然他停下腳步煩躁的耙了耙好一陣子沒剪的頭髮，垂下手他的視線又滑過右側，接著他甩了甩頭往一旁走去，最後讓身體半倚在圍牆上，又呼了長長的一口氣。

他不明白自己究竟陷入了何種處境，憑藉著一股衝動來到了這裡，但在幾乎抵達邊境時體內的衝動恰好燃燒殆盡，於是卡在不上不下的尷尬狀態；簡直像是變現了所有財產拚命的想從這邊遷徙到那邊，好不容易看見了兩邊的交界點卻發現盤纏一點也不剩，沒辦法往前也丟了退後的機會，只能呆站在原地賭著運氣。

也許會有巡邏的士兵將自己遣送。也許會有好心人借自己一點錢。但也可能碰上惡徒乾脆的奪去自己最後的希望。徐子凡想，種種的可能之中，機率最大的就是誰也沒經過，他一個人苦悶的倒數著結束的來臨。

大概是這陣子讀太多輕小說了。徐子凡突然感到有些好笑，自己像是有勇無謀的主角，故事主旨就是「勇氣能戰勝整個世界」，雖然能激起魯蛇們的妄想，但這樣的設定實在太危險了，一旦耗盡了勇氣隨便一個渣都能把主角打趴。

結論就是「主角其實連渣都不如」。連女主角都還沒出場就匆促的落下全劇終三個字，說到底這種小說打從一開始就沒有人會買吧。

徐子凡逐漸平靜了下來，視線滑過來來去去的人們，他只是忽然想起韓凜，明明幾個小時後就能在店裡見到，但這並非見到或者沒見到的簡單歸類，而是他遏制不住猛然湧生的迫切。

無關緊要的迫切，他試著這麼說服自己，然而吊在尖口的感情卻傳來隱約的刺痛；徐子凡不很明白，於是想著「見了也許就能明白」，關於韓凜，打從一開始他就不那麼確定。

最後他還是撥了韓凜的電話號碼。

「做什麼？」

「在上課嗎？」

「剛下課。」

韓凜身旁透出嘈雜的聲響，歡鬧的交談清晰的傳到徐子凡耳邊，儘管掩蓋了些許她的聲音，但他卻感到強烈的踏實。

於是話就這麼滑出唇邊了。

「我想見妳。」

有很長一段時間韓凜沒有說話，但誰也沒有切斷通話，背景音忽強忽弱，這種狀況下誰也聽不見誰的呼吸，徐子凡抬頭望向湛藍無雲的天空，沒有特別的感想，也沒有所謂的緊張，與其說是想將自己的意念傳達給韓凜，倒不如說他終於肯定了自己體內的感情。

那就沒什麼好猶豫的了。

徐子凡並不擅長迂迴，縱使偶爾會有人說他溫吞，但就只是他習慣的步調比較緩慢，路徑依然是直進，走著走著總會到的，他很單純這麼相信；即使盡頭不是自己冀望的風景，他也能好好接受「自己就只能走到這裡」的現實。

在那之前，徐子凡並不是會掉頭離開的那種人。

比起曖昧的遺憾，結結實實劃下句點比較符合他的人生哲學。

「你在哪裡？」

「校門口。」

接著電話被俐落的掛斷，沒有任何預告，拉長的單音在徐子凡耳邊響了好幾聲，掌心透來熱度，但收起手機後他已經分不清餘溫究竟是來自手機或者自己的內部。

徐子凡沒有改變姿勢，也沒有刻意張望韓凜可能出現的方向，目光鎖定了非常鬆散的唯一一朵雲，緩慢的從右邊飄到左邊，雲移動得非常慢，但還是越過了半片天空，他的脖子有些僵硬，稍微轉了轉脖子卻瞥見站在他右前方的韓凜。

「什麼時候來的？」

「在你盯著雲看的時候。」

「謝謝妳來。」

「你又怎麼了？我覺得變態比做作文青更適合你。」

「妳果然不是走一般路線。」

「就特地跑來說這些廢話嗎？」

「嗯。」徐子凡愉快的點了頭，伸出手輕輕碰了韓凜的臉頰，「本來就不是為了說話來的。」

韓凜的臉熱熱燙燙的，她收緊了抱住厚重課本的手，眼前的徐子凡似乎有些微妙的不同，儘管能夠清晰的感知卻難以化作言語說明。

我想見妳。

電話另一端的聲音不那麼像印象中的徐子凡，方才她在原地怔忪了許久才確實理解了這四個字組成的意義，韓凜還有兩堂課，你在哪裡，但她還是這麼問了；拋下納悶的同學她隨口說了什麼便轉身往校門口跑去，如果只是一面的話，下課的空檔還是足夠的。

我在做什麼？韓凜反覆問了自己幾次，但或者這問題從來就無須作答，她感受著自己胸口的劇烈起伏，終於抵達的瞬間迎上的是徐子凡凝望天空的側臉，明明只剩幾分鐘了，但她突然平靜了下來，她彷彿明白了什麼。

像這樣見上一面也就夠了。

「我要回去上課了。」

「不是沒有課了嗎？」

「才不像你那麼閒。」

韓凜說完連招呼也沒打便逕自旋身往回走，徐子凡愣了幾秒鐘才意識到這一點，韓凜不只來了，而且是特地從遙遠的某處趕來又回去遙遠的某處，他克制不住自己上揚的嘴角，凝望著韓凜遠去的背影雀躍的笑了出來。

「變態君今天真的很像變態。」

「大概是覺醒了吧。」

店長瞇起眼打量著過度積極勤奮的徐子凡，他太過活躍的結果就是店長和韓凜兩個人被晾在吧檯邊，有一搭沒一搭的聊著天。

「他是受了什麼巨大的精神打擊嗎？小凜，妳對變態君做了什麼嗎？」

「不關我的事。」

「小凜。」

「嗯？」

「妳去刺探一下吧。」

「不要。」韓凜抓了抹布往窗邊走去，無聊的擦拭著窗櫺，但店長不死心的靠了過來，她只好停下手邊的動作，「店長應該知道能量守恆定律吧，照他這種過度消耗的速度，很快就會滅了。」

「萬一是核能呢？能量就算用盡，但核廢料更棘手。」

「他過來了。」

「為什麼要用這麼奇怪的眼神看我？」

「看待奇怪的事物當然要用奇怪的眼神，變態君，你還好嗎？遇到困難說出來大家一起想辦法，總比自己困在泥淖裡強得多。」

「我很好啊。」

徐子凡的臉上又閃現過度耀眼的光采了。店長用手臂推了推韓凜，誇張的表現「看吧他絕對有問題」，接著以託付重責大任的姿態拍了她的肩，隨後非常不負責任的躲進洗手間。

「店長怪怪的。」

「嗯。」

韓凜敷衍的應了聲，暗自慶幸徐子凡的反常如此明顯，遮蔽了店長敏銳的觀察力，只要稍微仔細看著韓凜就能輕易發覺她的動作不很流暢，特別在徐子凡走近的時候，她幾乎僵硬得難以移動。

她極力避免和徐子凡有過多的接觸，冒著被店長看穿的風險待在他身旁，但現在這裡只剩下徐子凡和韓凜了，而且還靠得那麼近。

「妳怎麼了嗎？」

「沒有。什麼都沒有。」

「妳知道抹布快被妳揉爛了嗎？」徐子凡傾下身，溫熱的呼吸若有似無的撲打在韓凜頰邊，她不自在的嚥下口水，才發現喉嚨異常乾渴，「真的很奇怪。」

「你沒有資格說這種話。」

木門被推開的聲響解救了韓凜，徐子凡拉起身子愉悅的說著「歡迎光臨」，他跨了兩步之後韓凜才敢大口呼吸，她不明白，越看越不明白，儘管徐子凡的確展現了不尋常的雀躍，卻一貫自然的對待她，彷彿他只是碰上了與韓凜無關的愉快事件。

我會錯意了嗎？韓凜體內忽然湧生難以言喻的不快，她洩憤似的將抹布扔進水槽，旋開水後以粗魯的方式揉洗著一點也不髒的抹布，會錯意，既然如此就不要說那些曖昧的話，又做那些曖昧的舉動，討厭的徐子凡，她使出全身的力氣扭轉著抹布，直到再也擰不出水滴為止。

韓凜打定主意接下來都不要理會徐子凡，但忙碌的徐子凡整個晚上甚至沒有多看她一眼，韓凜生著悶氣一邊想著「不要跟我說話最好」，另一邊卻又等著徐子凡對她說話。

「變態君晚上好好睡一覺，醒來就沒事了，嗯。」

「店長你今天真的很奇怪耶。」

「快回去吧。」店長這次拍肩的力道出乎意料的輕，也沒有抬起腳，而是以手溫和的推推徐子凡的背，「騎車小心點。小凜也快點回去休息吧。」

「店長再見。」

踏出店門後韓凜又下定一次決心無論如何都要無視徐子凡，她抿著唇一聲不吭的走著，徐子凡突然一個跨步擋在她面前，沒有辦法她只好暫停腳步，不滿的瞪著眼前帶著不解表情的少年。

「妳又怎麼了？」

「不關你的事。」

「我會擔心。」

「不要總是說這種超越分際的話，會讓人誤會。」

「誤會什麼？」

徐子凡的眉心微微聚攏，方才的愉悅已然消卻無蹤，韓凜察覺到是由於自己說出的話不禁感到懊惱，但也認為自己並沒有說錯，結果就悶著聲什麼也不說。

「韓凜。」

「不要一直擋在我面前。」

「要到什麼程度我才能擔心妳？」徐子凡的語調摻雜著不容忽視的嚴肅，他突然扯住韓凜的手臂，力道不大卻透露著強烈的存在感，「光憑我是徐子凡而妳是韓凜這一點還不夠嗎？如果妳非得要關係要理由的話，我給妳。」

一時間韓凜還不能理解現狀，一動也不動的僵持在原地，但理解了現狀之後，她依然只能一動也不動的僵持在原地。

徐子凡熱燙的唇毫無預警的貼上她冰涼的唇畔，溫度差所帶來的震撼攫獲了韓凜的知覺，她的腦袋一片空白，雙手輕輕的顫抖，但她沒辦法推開徐子凡，就連推開的意圖也沒辦法進到她的思考裡，直到徐子凡拉開了兩人的距離，她仍舊只能瞪大眼緊緊盯著徐子凡。

韓凜和徐子凡陷入了一段長長的沉默與僵持，最後徐子凡讓步了，他鬆開抓住韓凜的手，淡漠的轉身，「走吧。」

她跟在徐子凡的身後思索著這份僵持，一直以來都是如此，明明是能夠被簡單確認的感情總是被她攪得亂七八糟，因為不坦率，因為拐彎抹角，因為不安而胡思亂想，這些「因為」不過都是藉口，說到底就是她不懂得面對另一個人的感情，於是便不自覺否定對方的感情。

比起拒絕，視而不見才是最傷人的選擇。她忘記是誰說過的話，但她記得那口吻中沾附著濃稠的哀傷。

韓凜咬著唇，抬起手卻懸在半空中，她的遲疑從指間擴散，韓凜用力的吸了一口氣，終於扯住了徐子凡的上衣。

停下腳步的徐子凡轉過身卻沒有說話，彷彿一種懲罰，韓凜卻能感受到他冷淡表情底下的心意。

如同他說過的，韓凜身旁的人也許都太過寬容，待在繭裡頭不出來也沒關係，我們會在附近守候妳，以溫柔的嗓音這麼說著；然而大多數的人們無法長久忍耐單向的付出便默默的離開，等到韓凜鼓起勇氣探頭，迎上的卻是空無一人的刺眼畫面。

徐子凡不知道韓凜究竟為了什麼而織起細密的繭，但他明白假使她不離開繭，他終究也會成為諸多轉身離開的人之一。

「你在生什麼氣啦。」

「不知道嗎？」

「我……」韓凜瞪著自己的右手，不自覺扯動著徐子凡的衣襬，「對不起嘛……」

「妳是累犯，簡單的對不起一點用處也沒有。」

「那你想怎麼樣嘛？」

「拍一拍我的胸口，溫柔的安慰它，因為它受傷了。」

韓凜沒有選擇只好抬起手，遲疑的拍了兩下，眼角餘光卻瞥見徐子凡正壓抑著笑，於是她狠狠的打了下去，聽見徐子凡悶痛叫出聲又感到後悔。真是。但徐子凡終於笑了。

氣氛緩和之後韓凜的理智也跟著回復，越想越不對，這個男人憑什麼親了她又拿翹？該氣憤的分明是她，為什麼道歉的人是她？

「你這個不要臉的變態。」

「我又怎麼了？」

「你剛剛為什麼要親我？」

「因為我是變態，所以做變態該做的事。」

徐子凡實在太過坦蕩蕩了，韓凜反而什麼話都擠不出來，結果也只是沒有用的瞪了他一眼，還讓徐子凡得寸進尺的摸著她的頭。

「俗話說以牙還牙，我不介意妳親回來。」

「才不要。」

「韓凜。」

「又想做什麼？」

徐子凡突然將她攬進懷裡，兩個人靠得那麼近，屬於徐子凡的氣味與溫度包覆住她的身體，韓凜又忘了掙扎，手還扯著他的衣襬。

「這已經不是能誤會的程度了吧。」

「徐子凡……」

「再一下下就好。」

韓凜安靜的靠在他的胸前，這時才發覺他的心跳那麼快，明明一副若無其事的模樣，也許看似好懂的徐子凡也藏匿了諸多複雜的心思，比起他，韓凜開始感覺自己實在太過不成熟了。

徐子凡緩緩鬆開她，想說些什麼卻又沒有，但他握住了她的手，熱熱燙燙的，韓凜想起在大雨中斷然將自己抱起的那個男孩，非常焦急的那個男孩，強烈的感情竄進了她的肌膚，她以為那不過是偶然，卻彷彿一種註定，在冰涼的大雨之中，他的體溫熱得那樣鮮明。

「徐子凡。」

「嗯。」

「為什麼要親我？」

「因為生氣。」

「為什麼那麼生氣？」

「因為覺得痛。」

「為什麼痛呢？」

他說。

「因為喜歡。所以才會痛。」

12

她和他之間有些微妙的什麼。

韓凜想著。徐子凡也這麼想著。但兩個人肩並肩坐在一起的時候卻假裝什麼也沒有，對於不經意的碰觸明明在意得不得了，卻彷彿拮抗一般表現出更加若無其事的模樣。

她看著他毫無波瀾的側臉，想著「搖晃到頭都快暈的自己簡直太可笑了」。他偷覷著她一貫的冷淡表情，想著「無動於衷的她實在讓人感到傷心」。日常的交談，不日常的窺探，像是忍耐大賽一樣，誰先忍不住就輸了。

然而，徐子凡從來就不是在乎輸贏的人。

「韓凜。」

「做什麼？」

「妳還欠我一個笑。」

「現在不想笑。」

「那妳現在想做什麼？」

「還在想。」

「去看電影吧，最好是那種非常可怕的恐怖片。」

「我一點都不怕，每次看恐怖片都覺得很吵。」

「沒關係，我怕就好了。」徐子凡的語氣顯得相當輕快，他的手臂在他說話時輕輕碰觸著她的，「兩個人當中只要有其中一個人害怕就好，反正結果是一樣的。」

「你腦袋裡可以裝正常一點的內容嗎？」

「這不正常嗎？」

「反正、不重要啦。」

「妳剛剛腦袋裡是不是滑過什麼糟糕的念頭……嗯哼，我只是很單純、非常單純的認為同行的人裡有人被嚇到，導演就算成功了，但妳好像……真沒想到韓凜是這種人。」

「才沒有。」

「做人要好好面對自己——」

「徐子凡——」

韓凜的未竟的話語忽然消卻在半空中，她突然發現自己和徐子凡靠得那樣近，他的呼吸撲打在她的鼻尖，兩個人在打鬧中演變成半擁抱的姿態，她被鎖在徐子凡的雙手之間幾乎動彈不得；當然她可以佯裝氣惱的推開他，然而來不及了，所謂的時間點是種極其玄妙的概念，即便是相同的動作，在短暫的停頓後便透露著截然不同的意味。

於是她想閃躲的，在停頓之後已經連別過頭都沒辦法了。

徐子凡微微傾向前，其實也就那麼幾公分的距離，他的唇輕柔的貼上韓凜，她抬起手想推開徐子凡卻反而拉住了他的襯衫；可能她和他之間一直維持著如此危險的距離，只要一個移動，不那麼費力的移動，就足以逼近另一個人的生命。

他的心跳透過掌心傳遞到她的心底，藏匿在平靜無波的面容下的劇烈鼓譟，比起什麼都還要肯定而真實。韓凜斂下眼拙劣的靠在他的胸前，她感覺徐子凡熱燙的掌心小心的貼放在她的後背，帶著輕輕的顫抖。

「我覺得接下來一定會很尷尬，所以還是維持這個姿勢比較好。」

「你腦袋有洞嗎？」

韓凜猛然推開徐子凡，抬起頭瞪大眼睛望著他，但下一秒她徹底明白方才徐子凡的話意，空氣中的尷尬一股腦的爬上她的肌膚，韓凜苦惱的咬著唇，旋即放棄一般的嘆了一口氣。

徐子凡不合時宜的笑了出來。

「這時候才會知道偶像劇為什麼總是在剛剛那個畫面後就跳接到下一段……所

以，我們去吃冰吧。」

「為什麼要吃冰？」

「因為很熱。」徐子凡握住她的手，熱燙感毫無掩飾的傳遞而來，他說，「非常的熱。」

徐子凡的身上還留著微微的顫抖，他略顯失神的交握雙手，彷彿為了鎮定久未消散的餘韻，也像是為了加深那殘存的溫度。

他終於明白人為何會在毫無移動的狀態下越陷越深，矛盾、掙扎、遲疑，以及耽溺，藏匿於內部的巨大能量便足以使人下沉，人們害怕自己被吞噬，卻又懷抱著對最底處的渴望；究竟所謂的盡頭是什麼光景，又或者那裡從來就沒有盡頭，沒有人能預知，也沒有參考答案。

他托起下巴，用吸管攪拌著紅茶裡的冰塊，旋轉的冰塊碰撞到玻璃杯壁時發出清脆的聲響，旋即被店內的爵士樂吞沒，儘管天氣逐漸轉涼，但冷氣還是開得非常強，於是冰塊融得很慢，但就算那麼慢，猛然一看也還是會感嘆「真不知道冰塊什麼時候已經消失了大半」。

人的改變大概就跟眼前的冰塊一樣。

細微卻絕對。

「你今天的注意力連十分之一都沒有擺在我身上，真讓人難過。」

「我在思考。」

「思考什麼？」

「人生。」

「真是偉大的議題，那麼，你得到什麼結論了嗎？」

「嗯、結論，『人生並不存在著任何結論』，這就是我得到的結論。」

「徐子凡。」

「怎樣？」

「你最近藏了很多秘密，我很傷心。」

「不藏起來就不構成秘密的要件了。」

徐子凡喝了一口帶有澀味的紅茶，韓凜的側臉滑過他的意識，事實上他有好幾次想提起她，但總是不了了之，跟確定性無關，他和張景佑之間也沒有必要掩飾或者藏匿；然而有意以及無意堆疊而起，韓凜這個人物連一次也沒有進入他們兩人的話題。

他不明白卡在舌尖的猶疑是些什麼。

「想逼我當京極堂嗎？」

「京極堂最不喜歡涉入與自己無關的事了。」

「你是我最愛的人呢，怎麼會沒有關係。」

看著戲謔說笑的張景佑，徐子凡終於察覺他所迴避的主因，事故，這是他和韓凜的相遇，當然他可以肯定這一切與責任或者彌補無關，但他依然害怕從張景佑的眼神流轉中看見類似的疑慮。擔憂。偶爾張景佑的眼尾會殘存某些來不及抹去的擔憂，對於他的，這一點，正是默默鞭笞著徐子凡的棘刺。

在兩個人之間，明明這些應當是他的責任，卻總是落在張景佑肩上，但他沒有力氣改變卡死的結，他和他並不對等，從那一瞬間開始便產生了不可逆的傾斜，徐子凡做好了承受的預備，然而現實並沒有那麼簡潔明瞭，那龐大的重量竟疊壓在張景佑身上，他開始感到不知所措，為什麼會這樣，但他沒有發問的資格與權利，張景佑選擇了若無其事來維持兩個人的平衡，但這個選擇卻讓徐子凡註定扭曲形變。

為什麼要這樣呢？

徐子凡連這個問號也必須乾乾淨淨的吞嚥，他比誰都明白，這不是懲罰，卻比懲罰還痛。

「總之，是有那樣的一個人。」

「真是曖昧模糊的表示法。」

「就因為曖昧模糊，所以暫時沒辦法好好說明，你不也是嗎？像貓一樣曬著太陽的女生。」

「就是沒有曖昧也沒有模糊才讓人難過啊。」張景佑誇張的皺起眉，但沒幾秒便再度揚起燦笑，「人一方面討厭模糊性，另一方面又追求模糊性，所謂的曖昧呢，正因為帶有極大的想像空間才特別吸引人，但對方可是連一點想像空間都不留，真是感到哀傷。」

「不要用這麼爽朗的表情說自己哀傷。」

「這叫反差的魅力。」

「我不想知道這些。」

徐子凡還是將韓凜的事吞了回去，下次吧，他總是這樣告訴自己，直到每個人都將那場小小的事故淡忘之後，「我們在同一個地方打工」，或許他就能以輕鬆的口吻這麼介紹。

在那之前就先這樣吧。

「下次來我打工的地方吃飯吧。」

「好啊，我會先想好『使喚徐子凡的一百種方法』。」

「那你慢慢想吧。」

徐子凡有一搭沒一搭的和張景佑聊著天，不著痕跡最好，他抓起吸管發現冰塊早已融化殆盡，也許會被看穿心思也說不定，但若無其事的讓張景佑對韓凜留下印象，那麼往後自然而然就不會有「你們是怎麼認識的」這類問題了。

他明白其實自己並不需要做到這種程度，這不是為了哪個人著想，單純因為他的怯懦，他承受不起張景佑的擔憂，連一毫克也太過沉重。

徐子凡拿起玻璃杯一口氣喝光全部的紅茶，心底有些悶滯的什麼，冰涼的觸感殘留在掌心，毫無預警的他想起韓凜，輕輕的，連著甜味與澀味一起滑入體內。

徐子凡打了兩通電話，長長的響鈴後轉進了溫潤卻失真的語音，他沒有打算繼續，收起手機的動作中他心底閃過某個他來不及掌握的念頭，只留下彗星尾巴般的悵然餘味。

韓凜請了假，店長以講述恐怖故事般的口吻渲染著「這是很不尋常的事喔」，本來不怎麼在意的他也像被感染一樣，開始揣想起韓凜的舉動。

「她沒說為什麼請假嗎？」

「基於她的良好表現以及保障個人隱私，我沒問。」

「不是說很不尋常，這樣才更應該要問吧。」

「因為很可怕。」店長誇張的抖了抖肩，「我怕會得到自己無法承擔的回答，所以就忍耐到你來上班，等你問。」

「她只是要回家。」

「唉啊，變態君很清楚嘛，看來你取得了不錯的進展。」

「不要用這種拗口的方式說話。」徐子凡稍微推開了湊得太近的店長，「你擺明早就知道了吧。」

「雖然說是回家，但真的很不尋常啊。」

「放假回家有什麼不對？」

「沒有不對，雖然這不應該由我來說，但家庭問題對小凜來說似乎很困擾，她哥哥私底下來找過我幾次，問了小凜的工作狀況。」

「韓凜的性格就是讓人擔心吧。」徐子凡不以為意的說著，「不過我不知道她有哥哥。」

「我也不知道。」

「店長該不會遇上詐騙吧？」

「我看起來那麼笨嗎？」店長毫不客氣的拍了徐子凡的腦袋，「總之是小凜哥哥沒錯啦，我也不是能夠過問的立場，但我的感覺很敏銳，當中一定有問題。」

「什麼問題？」

「當人感覺『其中必定有詐』的時候不代表能知道陷阱是什麼，所以才需要砲灰啊。」

「我嗎？」

「我最喜歡跟有 sense 的人溝通了。」

徐子凡斜了店長一眼，但店長擺出無關緊要的表情，還催促他立刻打電話給韓凜，幸好一口氣來了兩組客人，他拋下一句「下班之後我會打啦」便走向客人，但店長的話卻在他胸口掀起陣陣漣漪，點單的時候想起韓凜，上菜的時候想起韓凜，收桌的時候還是想起韓凜。

要不是代班的康晴也附和的話，他幾乎以為這是店長擅長的心理詭計，於是一結束工作他完全阻斷店長的聲音，飛快的扔下「再見」便揚長而去。

最後卻站在店旁的小巷，打起了電話。

不過就是回家。徐子凡又對自己說了一次，昨天電話裡的韓凜也沒有任何異樣，像是想起什麼一樣輕描淡寫的說著，也許是他多心了，徐子凡輕輕扯了嘴角，大概又被店長玩弄了。

但他又拿出了手機，按下通話鍵之前他改變了心意，改寄了封簡訊。

「真是讓人放心不下的傢伙。」

徐子凡耙了耙頭髮，不自覺的喃唸，他戴上安全帽發動了機車，怕自己聽不見鈴聲而把手機放進胸前的口袋，他刻意放慢了速度，多花了一倍時間才回到學校，但他胸前依然安安靜靜的。

只是他的思緒卻是一片喧鬧。

13

韓凜拉起藍色窗簾，客運特有的難聞氣味緊緊攫獲住她，戴起耳機她挑了最吵的金屬搖滾，以不適感轉移不適感比任何舒緩都來得有效。

背包裡的手機以劇烈的方式拚命震動著，韓凜想確認的手遲疑的收了回來，也許是哥哥，也許是徐子凡，但也可能是父親。

她不認為自己能夠平靜的接起當中哪個人電話，每次回家的路途都近得讓韓凜無法做好完全的準備，她強迫自己閉上眼，又調大了一格音量，卻抵擋不了她心底的鼓譟。

韓凜還是拿出了背包裡的手機。

是徐子凡。

不知為何她鬆了一口氣，突然有些感激這一瞬間螢幕上顯示著的徐子凡的名字，韓凜不自覺咬著唇，簡訊不期然的跳出讓她受了些許驚嚇，但還是徐子凡，這次她沒有猶豫。

「我今天沒跟妳說到話。」

簡短日常的一句話，韓凜發現自己的手正微微顫抖，她深深的吐了口氣，體內迸發的衝動迫使她按下了徐子凡的電話號碼，然而理智卻在最後拉回了她。

她能說些什麼？

此刻的她早已無力掩飾自己心底的波濤，儘管自己能從徐子凡身上得到安心，但她能給徐子凡的卻只有額外的擔憂。怔忪許久韓凜還是決定擱下，現在的她連一句簡單的敘述句都沒辦法好好傳送。

韓凜感到一股莫名的煩躁。

路程比她記憶裡來得短，過了長長的隧道之後熟悉的景色映入眼簾，儘管她已經將近一年沒有回來卻還是熟悉得讓她感到眼眶發酸；那是一種揉合她漫長的年少的疼痛與遙遠，強烈的不安湧上胸口，韓凜癱躺在不舒服的椅背上，想著回來這裡，想著回到這裡，也想著她的一路奔逃。

步下客運時哥哥已經在轉運站內等著了，她拒絕和哥哥同行，卻阻止不了他的等候，韓凜刻意不看他，越是瀰漫著濃厚記憶氣味的場域，哥哥眼底的愧疚也隨之濃稠。

韓凜想起她發狂般的跑到車站，她不知道哥哥是不是坐在恰好離站的莒光號上，韓凜目送著遠去的列車，感覺自己的心底被一口氣掏空，她知道，離去的並不單單是哥哥，還有她長久以來的支撐。

韓子暘接過韓凜的背包，沉默彷若蟻蝕，兩個人安靜並行在陰鬱的天空底下，家鄉總是充滿雨的氣味，即使一片晴朗仍舊透露著屬於雨的記憶；他逃離的那日天空同樣佈滿灰撲撲的厚重雲層，他不知道雨究竟下了沒有，無論有或者沒有，留在他心底的依然是那片陰灰的雲。

「爸晚上會回來。」

回來。哥哥的聲音輕輕擊上韓凜的心尖，她皺起眉雙手不自覺攢緊，回來，她始終認為這兩個字不應該用在父親身上，但母親總是那樣說著，反覆的說著，妳爸爸今天會回來，但父親的「回來」始終停留在每一個今天上頭，像個囈語也像個詛咒。

這時候母親的口中便會射出一道道凌厲而殘酷的刀刃，朝韓凜而來，縱使哥哥擋在前頭依然沒有任何作用，那刀刃塗上了只能砍殺韓凜的毒，與父親無關，與哥哥無關，與其他任何的什麼人都沒有關係，母親總是以「韓凜」二字開始，拋擲出韓凜所能想像以及難以想像的話語，沒有止盡的。

「小凜，妳沒有非得回去不可。」

「但我還能怎麼辦呢？」

韓子暘無奈的嘆了口氣，誰都不知道該怎麼辦，糾結纏繞的死結綑住每個人的軀體，簡直如同咒縛，一轉一繞越纏越緊越陷越深，但還能怎麼辦呢？到底能怎麼辦呢？

他推了門，母親不帶感情的瞥了她一眼，只喊了哥哥的名字，韓凜已經很久喊不出「媽」這個稱呼，只能安靜的往房間走去。

走回她記憶裡最深處的牢籠。

韓凜在這間房間生活了很長一段時間，從非常小的時候她就獨自睡著，母親禁止她和哥哥同房，甚至不樂見她和哥哥太過親暱，彷彿韓凜會搶奪走她身邊僅存的依靠一樣，對韓凜的母親而言，她幾乎就是個掠奪者。

她癱躺在吸收著濕氣的床鋪上，冰冰涼涼的，韓凜忘記自己在這張床上哭過幾次，但哭泣沒有任何用處，只會惹來母親更嚴苛的對待。母親不會打她，就連碰觸也不願意一般，時而以無視作為懲戒，時而又火辣的刨劃，偶爾母親會委屈的落下眼淚，說著「我到底造了什麼孽妳要這樣折磨我」，一次又一次，直到韓凜再也無動於衷。

韓凜的內心深處其實非常明白母親的敵意不過是一種投射，哥哥的袒護成為最大的刺激，她害怕韓凜會拐騙哥哥離開這個家，離開孤零零的她；韓子暘離開的那一天，母親第一次打了韓凜，她隨手拿起身旁的書本與器皿瘋狂的朝韓凜砸去，但韓凜居然笑了，流著眼淚卻由於太過荒謬而笑了出來，她張望著發狂的母親，想著，自己終於能夠體會被徹底遺棄的感受。

「我今天沒跟妳說到話。」

忽然她想起徐子凡的簡訊，在幾乎陷落的邊緣她想起了徐子凡的笑，韓凜遲疑了片刻終究是按下了撥出鍵，單調的響音長長的響著，響著——

「喂？」

「我是韓凜。」

「我知道。」

溫熱的淚水安靜的從韓凜眼角滑落，緊繃的心情彷彿有一部分被悄悄鬆開，她無力起身任憑自己躺在床上，縱使察覺到自身透出的顫抖，卻沒有壓抑的力氣。

「我收到簡訊了。」

「到家了嗎？」

「嗯。」

「怎麼了嗎？」

「沒什麼，只是不想回來。」

「如果沒辦法忍耐的話就逃跑吧，雖然想這麼說，但韓凜不是會逃跑的人，所以才讓人擔心。」

「說得像你什麼都知道一樣。」

「因為妳什麼都不說，所以我只能自己蒐集線索，說真的，這樣很累，所以建議妳下次我問什麼妳就回答什麼，如何？」

「我會考慮。」

「韓凜。」

「嗯？」

「宜蘭很近。」

「所以呢？」

「要我現在過去也可以。」

「如果你現在過來的話，我長久以來的忍耐可能會一口氣崩盤，火山爆發是很可怕的，所以在那之前，我還是會好好忍耐的。」

「雖然我不知道狀況，但這樣很好，能把心裡的話說出來的韓凜很好。」徐子凡的聲音彷彿帶著微溫緩緩傳遞而來，「回來之後，我的胸口借妳。」

「徐子凡。」

「嗯。」

「我想你。」

「妳知道剛剛我室友狠狠瞪了我一眼，還說我臉上的表情很猥瑣嗎？」

「謝謝。」

「謝什麼？因為我是徐子凡而妳是韓凜，所以這種程度的事不需要說謝謝。」

「我很害怕，這裡，每一個角落我都很害怕……」

「不會有事的，韓凜，因為妳很勇敢，現在的妳只要把全部的勇敢拿出來就好，回到台北之後，就不需要那些勇敢了。」他說，堅定的對她說，「因為我會在。」

因為我會在。徐子凡的話語太過堅定也太過溫暖，韓凜的眼淚幾乎要落了下來。在那之前，她不希望電話另一端的徐子凡察覺太多她的顫抖，這次不是因為想武裝，而是怕徐子凡擔心。

韓凜心底的某些什麼產生了質變，她想依賴這個人，同時也想保護這個人，她不是很能明白這樣的心情，過去的歲月當中，她總以為獨自撐起所有重量才是對所有人最好的選項，她無暇顧及如此的選擇同時意味著推阻他人的趨近。

她似乎稍微能夠理解了，店長曾經說過的，在真正的堅強之前首先要做的是承認自身所有的脆弱。

「我該掛電話了。」

「嗯，妳隨時都可以打電話給我。」

「徐子凡。」

「嗯？」

「我知道你就在那裡。」

徐子凡站在宿舍前吹著風，掌心握著的手機仍舊是熱的，韓凜文弱的嗓音輕輕黏附在他的耳畔，我很害怕，韓凜的話語中透著綿密的無助，滲進徐子凡的體內。

他感覺到自內部湧生的強烈衝動，即使什麼也做不到，至少想陪在她身旁；然而那並非徐子凡能夠涉入的範疇，自顧自的趨近就結果而言也不過是增加了韓凜的困擾。

每個人的心底或多或少都纏上了個難解的死結，一邊忍受著揪緊的痛楚，另一邊卻又不敢設想鬆脫後自己是否也會隨之瓦解；結的本身並沒有那麼難，大不了拿把剪刀俐落的斷開也行，設下重重阻礙的不是哪個他人，而是自己。

「你在發什麼呆？」

徐子凡側過頭，目光迎上走近的室友德緯，他伸了一個誇張的懶腰，接著用力吐了一口氣，這是德緯舒展的標準流程。

「吹風，落實文青的生活態度。」

「講這種假掰話確實很文青。」德緯扯了個沒誠意的笑容，瞄了他一眼又拉回目光，「你剛剛電話講到一半臉色很差。」

「猜拳猜輸嗎？」

「不是，我出剪刀他們出布，雖然是最贏的人但他們排擠不一樣的人。」

「這也沒辦法。」

「我的目的不是來刺探，而是來確認。以防萬一，我們連安慰你的人都決定好了，兩次都出剪刀還是挺不錯的。」

「真是體貼的室友。」

「我不會否認。」德緯展現義氣般拍了拍徐子凡的背，「我也覺得這樣的自己很帥。」

「白癡喔。」

「反正有什麼事四個人一起解決理論上會比較快，不過這不包含把妹，那兩個絕對是拖油瓶——」

「有事的不是我。」

「嗯？」

「是跟我講電話的人。」徐子凡輕扯了嘴角卻沒有力氣維持，「我只是有點擔心，也覺得幫不上忙的自己很沒用。」

「幫不幫得上這種事是由對方決定的，既然電話是對方打的，就表示你多少能派上用場，人這種生物非常的現實，尤其在身陷困難的時候，因為力氣有限，當然得用在能滿足自己需要的人身上，至於對方需要什麼，某些時候我們也不會知道。」

「我都不知道你這麼有深度。」

「哼，深不可測的人比較有吸引力。」

「總之謝謝。」

「沒有必要謝我，我只是因為出了剪刀。」

「那謝謝你的手吧。」

「嘖，聽起來真不舒服，算了你繼續吹你的風，我要去洗澡。」

德緯甩了甩手便乾脆的轉身走回宿舍，徐子凡用力的伸展了身體接著像要把體內所有空氣都擠出一樣吐氣，他感覺輕鬆了一些。

他想起去年德緯失戀時他成天在做這件事，拚命的伸展，拚命的吸氣吐氣，偶爾在夜裡會聽見悶在棉被裡的哭泣，但每個人都當作沒聽見；徐子凡在第三天開始跟著德緯做著誇張的動作，因為覺得拚命重複著相同動作的德緯很孤單，也很讓人哀傷，最後整間房間的人都跟著做，那些感到好奇的人只覺得308的人都是怪咖，沒有人探究原因，徐子凡比誰都清楚偶爾能拯救一個人的並不是安慰，而是視而不見。

但更有效的說不定是單刀直入。

「老子忍你很久了。」

德緯的伸展運動持續了兩個星期，就在徐子凡覺得自己的腰部線條似乎稍微緊實些的時候，大黑揪住了德緯的衣領，鼻孔很不爽的噴著氣。

「我連女朋友是什麼都不知道，你這個有辦法失戀的人生勝利組憑什麼擺出一臉悲慘，去給我向廣大的處男宅下跪道歉！」

大黑是真的很氣憤，但徐子凡不小心笑了出來，被甩在椅子上的德緯也開始笑出聲，大黑像洩了氣的氣球一樣癱坐在床邊，德緯的失戀大概就在那個下午結束了，但大黑的戀愛直到現在都還沒開始。

「下次教韓凜做伸展操吧。」

徐子凡望著被雲掩去大半的下弦月，又用全力做了一次伸展，這樣的自己怎麼可以呢？如果韓凜看見自己擔心的表情絕對又會把想說的話吞回去，徐子凡拍了拍臉頰扯開了笑，他告訴自己，大概他能替韓凜做的也就這麼多了。

14

車一開進轉運站韓凜就看見站在販賣機旁的徐子凡了。

韓凜揪緊的心情如同蓄滿水的水龍頭被乾脆的轉開一樣，卡住的某些什麼被水流一口氣帶走，然而下一秒鐘她又感到微微的顫抖，彷彿自己即將卸去所有掩飾赤裸裸的走到他的面前。

她甚至從未毫無遮掩的面對自己，害怕承受不了她即將迎上的畫面，於是她把一切鎖在隱匿的角落，那是連自己也難以窺知的深處；然而這樣的韓凜卻給了徐子凡一張通行證，幾乎是暢行無阻的抵達最深處的那扇門前。

「聽說宜蘭下了很大的雨。」

「嗯。」韓凜輕輕點頭，「以為不會下雨的時候總會下起傾盆大雨。」

「人生就是充滿不可預料的事。」

「徐子凡……」

「我不會問，無論我抱持什麼樣的心情跟念頭妳都沒有必要在乎，我希望妳不要考慮這些，想說的時候再開口就好。」徐子凡扯開非常溫暖的微笑，「我真的想了很久，拚命想著自己到底能幫上什麼忙，但最後發現自己能替妳做的也只有這樣而已。」

韓凜往前跨了一小步，緩慢的將頭靠上徐子凡的胸前，他的心跳好快，總是這樣呢，明明一臉鎮定心臟卻總是跳得那麼快。

雜沓的人聲在她和他之間來去，但一段長長的沉默包覆著他們，剩下徐子凡的心跳以及韓凜的呼吸；他明白她正進行著艱難的預備，無論那預備之後她選擇了哪一步，都不是他能左右的範疇。

最後韓凜說話了。

聲音比徐子凡記憶中稍微低啞一點，也緩慢一些。

「在我很小的時候，我媽曾經冷冷的對我說『真不應該生下妳』，為了這句話我一個人哭了很久，但不敢問爸爸也不敢對哥哥說，我很怕從他們口中也說出一樣的話……雖然想告訴自己那只是我媽為了傷害我而說出的話，但我根本不敢回溯，到底為什麼她要這麼對我說呢？是不是我真的做了讓她足以說出那些話的壞事呢？我很怕得到答案，所以一直逃避，一直忍耐，無論我媽對我說了什麼我都不會反抗也不會回嘴，直到我哥離開之後她就再也不理我了，徹底的無視，像是她終於不必在我哥面前假裝我不是陌生人一樣……

「這些日子我鼓起勇氣回想了所謂的過去，那究竟算不算得到答案，又或者哪一方比較殘忍我還是不明白，我想起來更久之前我媽其實不是這樣的，反而像捍衛私有物品一樣仔細的呵護著我，但對於這樣的保護我真的喘不過氣，所以偷偷打了電話給我爸，『你能帶我走嗎？』我這樣問了他，『我沒有辦法好好照顧妳。』我爸很擅長迂迴的拒絕，但當時的我真的相信他是為了我好，直到某一瞬間，勉強維持平衡的這一切都瓦解了……我親眼目睹我爸試著說服我哥跟著他離開的畫面，『原來爸選擇的是哥哥』，我突然明白了這一點，但我沒辦法考慮那麼多，只想著這是我唯一能脫離我媽控制的機會了，所以就拉著我爸求他帶我走，接著我媽回來了，她看見的就是我懇切想離開的表情……」

韓凜的身體微微顫抖，她從來沒有對哪個人提起這些過去，原來是自己的錯，本來就是妳的舉動才導致妳媽歇斯底里，她很怕得到如此的反饋，原來這一切都是她活該，這一切都是她自己造成的。

是她先狠狠傷害了母親，所以沒有任何立場控訴母親對她的傷害，於是韓凜拚了命的忍耐，無論是些什麼。

韓凜也想起哥哥，像是鏡子映射的畫面，當他帶著愧歉表情出現在韓凜校門口前，並且透露著「無論面臨什麼我都會承受」的氛圍，韓凜突然感受到極其巨大的憤怒，即使那些日子以來自己都能好好理解哥哥的不告而別，卻由於他贖罪一般的姿態，讓韓凜反覆意識到那也許就是罪。

她的忍耐反而讓母親的精神越加緊繃，幾乎是傾盡全力的傷害韓凜，她不知道母親是不是也感覺到同等的疼痛，但韓凜沒有辦法忘記她提著行李準備北上那一天，母親唯一落下的聲音。

「反正妳本來就想丟下我了……」

也許正因為這句喃唸，迫使韓凜靈魂的某個部分永遠的被綑綁在那間屋子裡，在母親的身邊，一邊恨著她，一邊也愛著她。

韓凜猜想，從父親不再回家的那一刻開始，母親的心底就帶著一塊無法彌補的塌陷，她試圖以兒女作為一種依藉或者安慰，然而那畢竟是截然不同的存在。直到現在韓凜才稍微能夠明白，或許她的試圖逃離並非主因，而是她拉扯住的恰好是父親的手。

而父親，如同推開母親一般推開了她，於是從那一瞬間起，韓凜的存在便成為一種最殘酷的提醒，我們是一樣的，都是被拋下的人。

韓凜幽幽的嘆了口氣。

「我恨過我媽，有一段時間非得依靠著恨才能夠支撐下去，但現在的我覺得她很可憐，甚至也覺得自己很可憐，明明能夠清楚看見眼前有一條輕鬆愉快的路可以走，卻沒有辦法，身體不由自主的往更崎嶇迂迴的方向前進，於是累積了更多阻礙，和更多的傷害……」

徐子凡輕輕拍著韓凜的肩，靜靜聽著韓凜的訴說，他和她都明白，這不是旁人能夠解決的問題，然而訴說的本身便是救贖的開始。不是哪個人來拯救韓凜，而是她決定拯救自己。

療傷的前提就是人必須先承認那裡有一道傷口。

這一點非常的難，徐子凡比誰都還要明白，他也同樣規避著如此的事實，假裝自己體內沒有傷，假裝自己並不感覺痛，於是便能夠以日常的姿態移動；然而狀似輕鬆的選擇，卻必須付上永遠無法結痂的代價。

「韓凜，能夠把話說出口的妳真的很勇敢，真的、非常勇敢，這不是安慰，也不是鼓勵，我是真心這麼認為。」徐子凡的手不自覺收緊，像是要掩去自己表情一般將頭埋進韓凜的髮中，「雖然一直想著要幫妳，但跟妳比起來我才是懦弱的那一個，我呢，甚至連承認自己心底的結的勇氣都沒有，所以韓凜，妳真的很勇敢。」

「徐子凡……」

「嗯？」

「『不管是什麼妳都可以告訴我』，有很多人這樣對我說過，但這麼長的一段時間以來，我第一次產生『如果是這個人的話我想試看看坦露』，我不是誇獎你也不是因為覺得感激，純粹是認為這樣的你很厲害。」

「聽起來像是『因為你一點殺傷力也沒有，所以說什麼我都不怕』，下一句是不是要接『你人真好』？」

「比起好人，你更符合變態的定義。」

「沒有殺傷力的變態感覺超弱的，不對，我不是變態。」

「因為你就一副很無害的樣子，就算是變態，也是沒有殺傷力的那種變態。」

「就說了我不是變態。」

徐子凡輕巧的拉開韓凜，她的眼眶泛紅卻沒有哭泣的痕跡，還不到哭泣的時候，他知道，他也明白，人在這種時刻並不會流下眼淚，還需要一段時間才能得到傷口的實感。

「請我喝咖啡吧。」

「為什麼？」

「因為妳欠我的。」他輕敲了韓凜的額際，「不要想要賴，之前念書的時候妳欠下的債，特大杯的，我可是一瞬間都沒有忘記過吶。」

「小心眼。」

「雖然很微妙，但我必須告訴妳，身為一個男人被冠上『無害』這兩個字時，自尊會有被傷害的感覺，作為報復也作為彌補，特大杯的咖啡差不多。」

「男人的自尊就只值一杯咖啡嗎？」

「自尊是不能被衡量的，但也可以解釋為沒有價值，像這種無法被丈量的存在，當然是隨便主人開價啦。」

韓凜凝望著徐子凡爽朗的笑容，他沒有探究韓凜方才的話語，也沒有視而不見，而是以他的方式來告訴她，即便再痛，那依然是日常的部分。

痛是日常。笑是日常。咖啡因也是日常。但不管是什麼樣的日常，徐子凡都會待在畫面裡的某個角落，延續著畫框外的日常。

「我聞到一種不尋常的味道。」

「大概是店長的鼻子壞掉了，我建議你還是早點去掛號比較好。」

「口齒伶俐的變態君真是激起人的征服欲吶。」

「這是職場性騷擾。」

「我對你沒有任何那方面的意思。」店長擺出誇張的嫌惡表情，用力的嘖了兩聲，「一想到我們家小凜可能落入你這個佯裝正直青年的變態手裡，我就感到心痛。很痛。非常的痛。」

「我本來就很正直。」

「看不出來。」

「那你還說我佯裝正直？」

「這是兩碼子事，這世界上多的是演技拙劣的人，你呢，想用正直老實的態度掩飾自己是變態，小凜總是擺出漠不關心的表情假裝自己無所謂，小晴雖然整天掛著燦爛的漂亮笑容，但實際上卻比誰更會察言觀色……總之，覺得自己演技好的人通常都是沒有演技的那種人。」

「所以店長以怪異的模樣示人是想藏什麼秘密？」

「既然是秘密怎麼會告訴你。」店長以輕蔑的表情笑了聲，但旋即擺正了顏色，「我挑工讀生都是憑著個人喜好，在這間店工作過的人，通通都是演技不好卻拚了命也還是要演的人，就算被看穿也無關緊要，比那更重要的不是旁觀者，而是要騙過自己，並且騙過那個自己想騙的人。」

徐子凡的手不自覺握緊，他分不清店長只是閒聊，又或者意有所指。

店長特意讓韓凜到附近的超商買垃圾袋，這種跑腿活通常是徐子凡的工作，但他並沒有準備跟哪個人吐露些什麼。

「這些日子小凜變了，雖然一點也搆不上直率的邊，但比起刺蝟我個人比較喜歡穿山甲。」

「老是用奇怪的譬喻。」

「每個人都需要武裝，為了保護柔軟的肚子，這是必然的發展；但武裝並不等同於隔絕他人，可能是理解錯誤，也可能單純因為抗拒他人是最簡單明快的選項，總之這世界上刺蝟太多絕對不會是好事。」

店長隨興的撥了撥頭髮，蹺起長腿以悠閒的姿態啜飲了一口梨山烏龍。

「變態君，我覺得你的演技很好。」

「剛剛不是才說我演技拙劣嗎？」

「那是指你不擅長掩飾自己是變態這個事實。」

店長意味深長的瞄了徐子凡一眼，厚重的木門被推開，銅鈴發出叮叮噹噹的聲響，韓凜抱著粉紅色垃圾袋踏了進來。

「演技太好並不是件好事。」店長說，用著只有徐子凡能夠聽見的音量，「就算期望哪個人能夠戳破，但幾乎被看穿的同時又巧妙的轉換角度，擁有這麼高超的演技，怎麼還能期望被看穿呢……」

店長最後的話幾乎含在嘴裡，徐子凡抬起眼瞄著正以愉快表情和韓凜說話的店長，最後那幾句話，究竟是說給徐子凡聽，又或者是喃喃自語，徐子凡分不出來，也許連店長本人都不清楚。

演技。

迎上韓凜視線時徐子凡給了她一個淺笑，他很擅長，不需要任何反應時間就能掌握最佳的表情，這不是欺騙，他通常不會刻意對討厭的人微笑，但他很清楚，因為親近的人會花費心思在他的身上，所以他必須花費相似的氣力面對。

「為什麼一直看我？」

「店長說妳變了。」

「哪裡？」

「所以我正在仔細的找啊。」

「無聊。」韓凜皺起鼻子，露出可愛的表情，「你跟店長都一樣無聊。」

「不要把我跟店長放在同一個類別。」

「這是我要說的話吧，我的等級可是變態君追趕不上的呢。」

「你是說變態程度嗎？」

「這我也是不會反對啦。」

「我不想參與你們兩個的對話。」

「小凜真無情。」

接著韓凜轉身往倉庫走去，徐子凡恰好對上店長的目光，但店長旋即移開視線，

「這不是我能干預的事，只是覺得很像，所以不小心就多嘴了。你有你的生活方式，因為是人，勢必有所背負，這是我花了很長一段時間才明白的事。」

門上的銅鈴叮叮噹噹的響著，擦拭著桌子的徐子凡抬起頭恰好瞥見踏進店裡的張景佑，他站起身，腳步聲被音樂聲掩過，徐子凡出其不意的拍了張景佑的肩膀，但並沒有得到預期的效果。

「早就發現你了。」

「怎麼不先打電話給我？」

「突擊。」

張景佑爽朗的笑聲滑過徐子凡的髮梢，他帶著張景佑到靠窗的位置坐下，推薦了幾種飲料，但張景佑似乎對菜單一點興趣也沒有，反而認真端詳著徐子凡的穿著。

他都忘了這件事。

最近店長心血來潮想營造一種「反差的刺激」，於是決定在充滿中國氣氛的店內擺進歐風執事和蓬蓬裙女僕，沒想到所有工讀生聯手出賣他（原因竟只是他是唯一的男工讀生），結果推舉他當陪店長玩耍的代表。

「一樣是白色襯衫和黑色西裝褲，沒有太大的改變啊。」

「加了兩條詭異的吊帶看不出來嗎？」

「正太都這樣穿嘛。」

「我不是。」

「正太跟變態唸起來差不多啊，還是變態君比較想穿蓬蓬裙？」

「都不想，而且，吊帶就先不計較了，為什麼非得穿緊身褲不可？」

「韓團都這樣穿耶。」

「現在不是想走歐風嗎？」

「還是你比較想穿白色長統襪？」

「算了。」

徐子凡已經忘了自己究竟一口氣對抗了多少人，總之他穿上了，意外的獲得好評，他不懂，完全不能理解，這世間的客人究竟在追求些什麼，但當韓凜總是對著他笑之後，徐子凡就放棄掙扎了。

但現在又多了一個張景佑。

「你意外的適合這種風格吶。」

「我不想聽這種評論。」

「可以拍照嗎？」

「如果你想換新手機的話。」

張景佑笑得非常愉快，徐子凡盡可能讓自己往好處想，他無奈的嘆了一口氣，起身走回吧檯替張景佑準備飲料和茶點。順便忽視張景佑興味盎然的灼熱視線。

「有客人嗎？」

「嗯。」剛清點完庫存的韓凜緩慢的走進吧檯，她又笑了，徐子凡再度讓自己往好處想，「我朋友。」

「是嘛。」

韓凜旋過身，立刻看見靠坐在窗邊的男孩，她的呼吸有短暫的紊亂，但沒有任何解釋的空間，店裡的新客人只有張景佑一個人。

「跟妳說過的，最好也是最壞的那個朋友。」

徐子凡的口吻相當輕快，但細微的不安卻逐漸滲進韓凜的身體內部，她不自覺咬著唇，彷彿有了某種預感，像是充滿惡意的玩笑，但她絲毫笑不出來。

忽然她伸手扯住徐子凡的手。

「怎麼了嗎？」

「你……」

「韓凜？」

韓凜的話終究沒能說出口，想參觀徐子凡工作狀況的張景佑走了過來，帶著一種訝異他喊出了韓凜的名字，徐子凡納悶的望了神色緊繃的韓凜一眼，她的手再度收了回去。

「你們認識嗎？」

「諸多的偶然就會引導出必然，真沒想到妳跟子凡在同一個地方打工。」張景佑相當開心的趴在吧檯桌上，「不過怎麼只有子凡一個人穿著微妙的服裝呢？」

「因為店長的惡趣味。」

「我到廚房洗碗。」

「碗不是都——」

「果然是乾脆的類型。」

「你跟韓凜怎麼認識的？」

韓凜沒有猶豫立即轉身走進廚房，徐子凡納悶的皺起眉，但他只是理解為韓凜不太喜歡跟不熟的人說話，於是便將注意力拉回張景佑身上。

對於韓凜和張景佑彼此認識儘管沒有預想但他沒有太大的訝異，同一所學校的學生認識的機會意外的多，況且張景佑屬於特別活躍的那種類型，所以徐子凡用著相當隨意的口吻，當作閒聊一般拋出了問號。

但人總是輕率的忽視某些問號，而那些問號會引來預期之外、又或者完全不願意預期的答案。

「通識課。」

「是喔。」

「還有——」

「還有什麼？」

張景佑曖昧的勾起笑，稍微壓低了音量，「『我是貓』。」

徐子凡攪拌飲料的手猛然停下，我是貓，他迎上了張景佑毫無遮掩的明亮雙眸，忽然感覺自己的喉嚨異常乾渴；這時候他才想起韓凜扯住他的手的觸感，她緊繃的神情，斷然的離去，也許是早了幾步預見了這一瞬間的凝滯。

為什麼？

「你說、那個女孩是韓凜？」

「巧得讓人不敢相信吧。」張景佑連一秒的遲疑也沒有便肯定了徐子凡的問號，「簡直像是命中註定。」

「嗯……」

命。中。註。定。

這四個字正劇烈翻攪著徐子凡的思緒。一次又一次。

徐子凡吞嚥下了所有言語，他知道，他和張景佑的對話廚房內的韓凜必然毫無遺漏的聽見了。沒有水聲。但他彷彿聽見了某些什麼重重沉入水底的聲響。

韓凜將頭靠在冰涼的牆上，她的手緊緊攢著襯衫下襬，張景佑歡快的聲音傳了過來，韓凜什麼也沒想，她什麼也沒辦法想，這不是她所能考慮的事情。

「不過那個很特別的店長不在嗎？」

「這時間是他的午休。」

「真可惜。」張景佑的笑輕輕震動著空氣，「但以微小的落空交換令人開心的意外，非常的划算呢。」

銅鈴再度叮叮噹噹的響著，在那尾音消散的終端，徐子凡以相當輕卻又十分沉重的步伐踏進廚房，他凝望著蹲坐在牆邊的韓凜很長一段時間，長到幾乎讓人以為下一個移動的開始兩個人都會成為不同的存在。

韓凜抬起頭。眨了幾次眼。她找不到一個適合作為開始的單字。

「他走了。」

「嗯。」

「韓凜。」

「我喜歡你。」

韓凜以平板的聲音拋出這或許顯得突兀的字句，徐子凡的心有微微的顫動，他盯望著韓凜美麗而幽黑的雙眼，自己的倒映顯得有些模糊。

他想說些什麼，卻又將話吞了回去。

「我以為自己還需要一段很長的時間才有辦法這麼對你說，但我卻突然有種強烈的預感，如果這一瞬間不將話說出口，可能再也不會有機會能讓你知道了。」

「韓凜——」

「看著你的眼睛就能明白了，我哥離開家的前一天，他也是用著這樣的眼神望著我，可能連他自己也沒有察覺，但有些時候，不說比說所透露的還要更多。」

「妳不要胡思亂想。」徐子凡斂下眼，「我會找機會告訴景佑——」

「不要給我這種承諾。」

韓凜截斷了徐子凡的話語，她想扯開嘴角卻沒有多餘的力氣，緩慢的她站起身，麻痺感彷彿蟻蝕一般爬上她的雙腿，她想用力握住徐子凡的手，但又害怕那對徐子凡而言或許是種逼迫。

她和張景佑之間什麼也沒有，甚至連想像空間也不存在，三個人裡頭沒有人不明白，但人的感情重要的並不是理解或者明白，而是選擇。

韓凜終於成功扯開笑了。

「現在的你，只需要記住我喜歡你這一點就夠了。」

徐子凡和韓凜之間隔著兩個跨步那麼遠，他望著她太過勉強的微笑卻連安撫的言語都不能給，我喜歡你，徐子凡不止一次想像過韓凜這麼對他說，懷抱著明亮的憧憬，他甚至設想過數種回應的方式，像個傻子一樣；然而直到這一瞬間他終於明白，現在的自己才是真正的傻子。

我也喜歡妳呢。

明明只要這麼對韓凜說就好，卻連一個單音，甚至一個點頭或者微笑，徐子凡都沒辦法給她。

彷彿一齣荒謬的鬧劇。

主導者是他。

這不過是韓凜與他的簡單感情問題，並不那麼棘手，張景佑是能夠爽快接受的類型，但問題是徐子凡心底的結，死結，他早已放棄解開的結。

銅鈴又響了。

打破凝滯的依然是韓凜，她移動腳步，走過徐子凡身旁，輕輕擦過他的左臂；韓凜必須非常努力的克制自己停下的意念，反覆的告訴自己，不要拉扯，絕對不要拉扯。

然而徐子凡卻扯住了韓凜的手。

「我──」

「有人在嗎？」

徐子凡鬆開他的手，韓凜的胸口爬上細微的刺痛，但她踏出廚房的同時也換上了她最擅長的武裝，對著客人揚起禮貌的微笑。

「抱歉，替妳們安排窗邊的位置可以嗎？」

「嗯。」

韓凜的聲音逐漸飄遠，彷彿一種隱喻，徐子凡花了很長一段時間才拉回思緒，他無聲的吐了口長長的氣，但心底的凝滯卻連一釐米都沒有移動。

這是第一次徐子凡沒有送韓凜回宿舍。

他讓自己馳騁在透著冷意的黑夜當中，冰涼的風撲打著他裸露在外的肌膚，很冷，很痛，但徐子凡反而不自覺的加快速度，甚至有一瞬間希望自己就此衝破所有的死結。

結束打工離開店裡的徐子凡目送了韓凜離去後立刻拿出手機撥打了張景佑的號碼，輕快的音樂聲彷彿對比般震動著他的鼓膜，他數著 1234 勉強鎮定自己的精神，當他數到 13 的時候電話接通了。

「想我了嗎？」

「有事跟你說。」

「怎麼了嗎？」

「我——」

反覆在腦中演練的說辭在開頭的「我」之後卻無法接續，徐子凡的手用力握著逐漸升溫的手機，只要說出口就好，這一切不過是惡趣味般的碰巧，沒有迴避的必要，明快的攤開說明就好；然而徐子凡卻遲遲無法接續。

「子凡？」

「沒什麼，改天再說吧。」

「嗯，反正我手機不會關機，你隨時可以打給我。」

「我知道。」

徐子凡的心底深處從某一瞬間起就埋著一道指令，「必須以張景佑的幸福快樂為優先」，他一次又一次讓這十四個字內化成自身的血肉，沒有其他選擇，不需要進行其他選擇。

即使理智相當清楚，感情並不是誰的退讓便能左右，甚至他也明白自己的動作唯一的結果就只會是三敗俱傷，但縱使是一種自我毀壞，或者全面的瓦解，徐子凡所極力避免的從來都是「只有張景佑受到傷害」的陳述。

又或者，「只有徐子凡安然無事」。

打從一開始他所面對的就不是張景佑與韓凜兩者的選擇，而是張景佑與徐子凡之間的選擇。

這是代價。

又或者贖罪。

從那年夏天開始，徐子凡的生命便建築在張景佑的失去之上，無論多麼拚命的擺出若無其事的模樣，張景佑的某部分人生的的確確為了徐子凡而斷送。

我並不後悔。張景佑這麼說。但後悔的並不是張景佑，而是徐子凡，他承受不起如此的重量；然而他連開口的資格也沒有，因為他毫髮無傷。

十八歲那年，徐子凡一拿到機車駕照便興奮的騎著表哥的機車載張景佑出遊，也許是太不熟練，又也許是太過得意忘形，徐子凡在轉彎的途中加快了速度，接著失去了平衡讓兩個人被猛烈拋出並且重重摔落。

當時的徐子凡試圖掙扎爬起，但卻難以移動，接著是另一次劇烈的滾動，刺耳的剎車聲狠狠刺進他的骨骸，他看見癱躺在他面前的張景佑，花了很長一段時間才理解所有的現狀。

他始終難以接受的現狀。

早他一步爬起身的張景佑注意到疾駛而來的休旅車，筆直的往徐子凡的方向前進，張景佑沒有任何猶疑便上前推開徐子凡，以自身作為代價。

年輕的軀體即使面對重大的傷害也能迅速的復原，我不後悔，而且醫生也說好好照顧就不會有問題，張景佑堅定這麼告訴他，他也一度天真的相信了，因為張景佑真的笑得非常坦率。

然而徐子凡再也沒聽過張景佑彈鋼琴，連談論也沒有。

有一天我會在國家音樂廳開演奏會，到時候讓你坐第一排。

張景佑總是這麼對他說，事實上他的書櫃裡也擺滿了各類獎項，為了保護雙手張景佑甚至避免了許多激烈的運動，也犧牲了大量的玩樂與休息時間，徐子凡比誰都清楚張景佑對鋼琴的熱衷與執著，但這樣的張景佑卻不再提起任何與音樂有關的話題，彷彿他從來沒有涉獵一般。

如果開口就好了。

徐子凡不止一次想確認，為什麼不彈鋼琴了，只要一次就好，但迎上張景佑若無其事的愉快面容，他便怯懦的往後退。

他毀了張景佑的人生。

徐子凡不斷抗拒著如此的念頭，直到張景佑的母親以冷漠的態度對待他之後，這一切才像是一種證實。他無以掙脫的現實。

就算是失去些什麼也好，徐子凡不止一度這麼想著，不管是手或者腳，甚至是更加重要的雙眼或是什麼，不管是什麼，都不要讓他以如此完整的樣態活著，他痛恨著自身的完整，非常的痛恨。

「啊——」

徐子凡從身體內部發出劇烈的喊叫，他想選擇，他想告訴韓凜我會在妳身邊，但他沒能選擇，他沒有任何選擇的資格。

16

韓凜和徐子凡之間沒有所謂的開始，也就沒有任何具體的結束，她沒有從徐子凡手中得到任何答案，但或許這就是徐子凡所給她的回答。

「不要用那種愧疚的眼神看著我，你沒有對不起我什麼，人生有太多湊巧與不湊巧，店長說的，跟放不放得下沒有關係，而是那說不定本來就不是自己該提起的東西。」

徐子凡搜尋不到適當的回應，他曾經以為自己與韓凜會如同大多數人們一樣理所當然的往前走，走著走著便會有哪個人牽起另一個人的手，於是不需要一個具體的界線，人本來就沒有辦法分辨所謂的起點，但他想，所謂的人這種存在，所在乎的或許並不是真正的起點或者終點，而是被宣告的起點以及終點。

從這裡開始吧。不管我愛不愛你都從這裡開始吧，我想只要有所開始我就能想辦法給出愛來。

跨過這條線之後就是結束了。無論我和你之間的愛還剩下多少，總之就只能到這裡了，這世間有許許多多的理由能夠終止一份關係，有某些重大的、拋出就能被眾人接受的那種理由，也有某些細微末節、旁人會認為是強詞奪理的說法；然而無論在他人眼底是輕或者重，重要的不過是當事人能不能負荷那重量。

韓凜只是平白無故的遭受波及。徐子凡不止一次這麼想，但韓凜沒有任何追問也沒有擺出怨懟的表情，彷彿她能夠精準的理解徐子凡心裡橫亙著一道難以跨越的鴻溝，那純粹是徐子凡個人的問題，無論眼前擺著成千上百個簡單的處置法，在裂縫另一端的徐子凡沒辦法拿到就是沒辦法拿到。

韓凜明白。

她和父親、母親以及哥哥之間都有相同的裂縫。

抵達的方式非常簡單，但韓凜耗費了如此漫長的歲月卻依然在原地徘徊，或許徐子凡的溫柔便來自於此，韓凜所無法說出口的，徐子凡能懂；而這瞬間、或者在張景佑踏進的瞬間，韓凜比徐子凡更早明白了。

「雖然知道提出這樣的問題一點意義也沒有，但我還是想知道，你有沒有為了我猶豫過？」

徐子凡凝望著韓凜眼底的流光，差一點他就伸出手將韓凜擁進懷裡了，但他沒有，這不是他能有的舉動。

他斂下眼，試圖掩去自己的感情。

「有。」

「那就夠了。」

韓凜笑了。

他忽然想起韓凜還欠他一個笑，徐子凡知道韓凜的笑非常的美麗，但他直到這一刻才明白，那美麗中混著濃稠的哀傷會讓人感到如此的疼痛。

她和他沒有開始。

也沒有結束。

「韓凜。」徐子凡的聲音比她記憶裡更加低啞而緩慢，「我的心底有一道結，死結，牢牢的綑住，為了那道結我付出了相當多的努力，但我所做的所有努力並不是為了解開那道結，而是要讓那道結永遠不要被解開。即使明白自己會因此被打上更多的死結，那也是我必須償付的代價。所以對不起，我不想這麼對妳說，但結果、我也只能這麼對妳說了。」

她對他搖了搖頭。

阻止了徐子凡字句尾端的延伸。

「話說到這裡就夠了，其他的什麼，都太多了。」

韓凜幾乎將自己體內所有的力氣耗盡才能夠以若無其事的面貌站在徐子凡面前，

當徐子凡轉身遠去，顫抖便從她的雙手作為起點，攀爬上韓凜整個身體。

隨後是劇烈的顫抖。忍耐。與無以遏制的淚水。

韓凜沒有她所展現的堅強以及灑脫，她多麼想拉住徐子凡的手，方才的分分秒秒裡，如此的念頭佔據了她的意念，但她已經太過擅長忍耐，並且韓凜比誰都還要清楚，自己的拉扯只會增加彼此的痛苦。

「韓凜？」

韓凜抬起頭在模糊之中勉強分辨出米娜的臉孔，她沒有想讓誰目睹自己的狼狽，卻也沒有多餘的力氣假裝自己沒事。

她胡亂抹去黏附於頰邊的淚水，接過米娜遞來的面紙，沒有掩飾自己的難過，她想起這是第一次她在人前示弱，不、那些脆弱通通在徐子凡面前展露無遺，但韓凜無意之間早已將徐子凡與其他人分割開來。

徐子凡是不一樣的。韓凜明白這點，卻沒有料想到「不一樣」這三個字居然讓徐子凡有了無可取代的位置。

「要散步嗎？」

「嗯。」

米娜的聲音輕輕軟軟的，沒有特別小心翼翼，米娜說過，人都有特別堅強的時刻，當然也會有非常軟弱的瞬間，這些凹凸讓人顯得更加立體，也更加真實。

韓凜吸了吸鼻子，米娜沒有探問也沒有說話，就只是安靜的走在她身旁，像是要長長久久的走下去，無所謂哪裡是盡頭，即使碰上了死路也只要折返就好，在韓凜眼中的米娜就是如此直率而樂觀的存在。

她忽然想試著將內心的話說出口。

作為一種坦露。

也作為一種練習。

這或許是徐子凡帶給她最大的禮物。

「我好像失戀了。」

「失戀？」米娜緩慢的複誦一次，隔了幾秒鐘才終於理解內容，於是拉高了嗓音，「失戀！韓凜妳嗎？」

「很奇怪嗎？」

「嗯。」米娜用力點頭接著又甩了甩頭，「奇怪的不是失戀這件事，而是失戀之前要先談戀愛吧，韓凜妳什麼時候談戀愛了？」

「沒有談戀愛。」

「什麼？」米娜癟起嘴，苦惱的看著韓凜，「我不懂。」

「我和他還不到談戀愛的階段，我很喜歡他，我想他應該也是，不過基於某些理由兩個人就只能到此為止了。」

「這樣啊……」

「嗯，大概吧。其實我也不是很明白。」

「感情的事我這個旁人幫不上忙，但總感覺妳不太一樣了，果然愛情的力量非常偉大。」

「這不是該對失戀的人說的話吧。」

「我最不擅長這種事了，因為我寫的小說裡，失戀的人都會採取激烈的動作，因為有動作一，很容易就能設想動作二，但現實生活裡的人冷靜多了，就像妳一樣，這時候我反而不知道該做些什麼。」米娜露出不好意思的表情，「而且說實話，我沒有談過戀愛，所以……」

「我很感激妳的出現。」

「嗯？可是我什麼都沒做啊。」

「喜歡他的事沒有其他人知道，因為還不到張揚的時候，」韓凜輕輕嘆了口氣，「本來我也打算就這樣擺在心底，事實上兩個人之間也沒有什麼，但一試著說出口，我才發現原來自己是這麼想告訴其他人，那裡有一個我很喜歡、很喜歡的人。」

「妳不會後悔嗎？」

「嗯？」

「雖然我不知道實際上的狀況，說出來的話會顯得很不負責任，我也沒談過戀愛，但這種話大概就是要由沒談過戀愛的人來說。」米娜停下腳步，認真的注視著韓凜，「好不容易遇見了一個自己很喜歡的人，就這樣放棄，妳不會後悔嗎？」

會。

韓凜幾乎能不加思索的回答。

但她又能怎麼辦呢?這是徐子凡的選擇,她所不能左右的選擇。

不,韓凜斂下眼,她仍舊在逃避,當初的自己和現在的自己根本沒有兩樣,其實她早已察覺哥哥正準備離開,也許她只要央求哥哥帶她一起走,他們就會牽著手一起逃離那個家;然而這時候韓凜總會想起父親迂迴之下藏匿的真心,在有限的選擇裡,韓凜並不在裡頭。

徐子凡和張景佑認識很久很久了。

張景佑是徐子凡心底的結。

像是沒有勝算的競賽,於是韓凜後退了幾步,擺出理解而豁達的表情,沒關係我都能理解,這樣一來她就不會被甩開,而是她決定離開。

那麼,是不是等同於韓凜拋開了徐子凡?

「我不知道。」

「愛情真是讓人苦惱的存在呢。」米娜嘟起嘴,「但怎麼辦我還是好想談戀愛——」

「跟想不想沒有關係,會出現的就是會出現。」

「簡直是人生勝利組的發言。」

「妳沒看見我一臉悲慘嗎?」

「嗯。」米娜認真的點了頭,「但有些人就算想演悲情劇碼,導演也不讓她上台啊,嘖嘖,我要把這段台詞寫進新小說裡。」

「小說裡的主角會拚命拉住喜歡的人嗎？」

「當然，讀小說的人就是想讓故事裡的主角追求自己做不到的事啊。」

徐子凡將頭靠在粗糙冰涼的牆面，旁邊擺著三瓶啤酒空罐，還有喝了一半的第四瓶，徐子凡很少喝酒，所以他不知道自己的酒量是比想像中的好，又或者想灌醉自己比想像中的難。

他感覺自己的胸口像卡住什麼一樣，灌進大量的酒精也沖不散，用力拍打也沒有用處，他站起身，大口大口的呼吸，接著像要把自己拉長兩倍一樣拚命的伸展，一遍又一遍，賣力到引來側目他依然持續著動作。

「徐子凡你發什麼神經？」

他沒有理會德緯的叫喊依然像要扯斷自己一樣進行伸展，德緯注意到散落在一旁的啤酒罐，他還以為隔壁寢的人反應過度，以過於誇大的方式形容徐子凡的慘樣，但在德緯眼裡，徐子凡簡直比別人形容的更接近鬼魅。

平時正直老實的人發起瘋來特別極致。

其實徐子凡沒做什麼，也只是喝了幾瓶啤酒，拚命的做著伸展，既不妨礙誰，也沒有危害自己的跡象，但不知怎麼的，濃稠的頹喪以及讓人不舒服的氣氛厚實的纏繞著他；德緯皺起眉，掏出口袋的手機，撥了大黑的電話。

「做什麼？」

「來旁邊的空地，現在，308 的伸展操時間到了。」

「馬的，三更半夜做什麼伸展。」大黑又咒罵了幾聲，「從來沒輪到我是苦主，怎麼整天我都要比別人辛苦，等一下就到了啦。」

德緯沒有問，也沒有阻止徐子凡，在他身旁找了個不錯的位置，也跟著做起伸展操。

徐子凡拚命拉扯著自己的身體，期間大黑和品尚也跑了出來，「308 的人又開始發瘋了」，幾個張望的人得到結論後同時消卻了他人的好奇，徐子凡明白室友們的溫柔，但他停不下來，而眼淚開始撲簌簌流了下來。

「馬的，我腰要閃到了啦。」

「誰叫你平常不運動。」

「你這哪叫伸展，我來幫你拉。」

「啊——放手，你這隻死大黑快點放手——」

「再叫大聲一點，我看你腰會不會閃到。」大黑一邊扯著品尚的手，側過頭瞥向根本把自己的身體當別人的來用一樣的徐子凡，「徐子凡你的腰會斷掉，男人最重要的就是腰知不知道，不管遭遇了多大的悲慘，最重要的就是要顧好腰。」

「不要說得一副你很有經驗一樣，小處——啊、啊、啊……放手，我叫你放手。」

308 果然是瘋子寢。

德緯不知道什麼時候已經拿起徐子凡擺在一旁的啤酒喝了起來，徐子凡眼淚還是在掉，大黑和品尚仍舊在纏鬥，德緯突然抓起最後一瓶啤酒，用力的搖晃好幾下最後乾脆的拉開拉環，開心的往徐子凡、大黑和品尚噴。

「你做什麼啦？」

「髒死了，我剛洗好耶——」

徐子凡終於舒緩了動作，他仰起頭，嗅聞著潑灑在自己身上強烈的啤酒氣味，他痛苦的吐了口氣，「對不起。」

他低聲喃唸了一聲。

接著他幾乎以嚎叫一般將體內所有聲音一口氣拋出。

「對不起。對不起。對不起——」

徐子凡終於耗盡所有力氣，癱軟的滑坐在地，他痛苦的低下頭，德緯站起身把剩下的啤酒全部往徐子凡頭上倒。

「我真的很喜歡妳……真的……」

大黑和品尚在徐子凡身旁盤腿坐下，誰也沒有說話，誰也沒有離開，儘管夜那麼深，而沾滿啤酒的四個人都感到一股寒涼，但他們始終坐在那裡。

「人總會失戀的。」

「不會，大黑就不會失戀。」

「你想被扔下山嗎？」

「徐子凡你還活著嗎？」

「他還有呼吸。」

「明天早上去撿查一下腰。」

「你用不到啦。」

「你找死嗎？」

「但是徐子凡什麼時候談戀愛的啊？」

「不知道。」

「我也不知道。」

「那我什麼時候才能談戀愛？」

「不可能。」

「嗯，不可能。」

17

韓凜在烈日下數著自己的步伐，一步、兩步、一步、兩步，彷彿她和徐子凡的周旋，來來去去，以為能走到哪裡，最後卻停頓在原地。

她的額際滲出薄汗，韓凜停在圖書館前的台階旁，想說服自己這不過是一種湊巧，然而她的心底逐漸凝聚一團黑霧般的惡意，那惡意之中卻又含藏著她的卑微。

拉扯。掙扎。韓凜終究敵不過最深的渴切，儘管那路途佈滿棘刺。

韓凜這才發現，原來自己所盈握的愛無比自私，她不在乎傷害了哪個人，也不在乎傷害了自己，甚至要自己不去在乎徐子凡的為難。

隨心所欲。

她所經歷的一生儘管短暫卻從未確切明白這個詞彙的涵義，韓凜拭去汗水，預期之中的身影映進她的視野，韓凜斂下眼，捨去了所有動搖，她畢竟站在了這裡。

「妳總是在陽光特別烈的時候站在這裡。」

「偶爾人就是需要讓強烈的什麼將自己的理智與意志蒸發殆盡。」

「心情不好嗎？」

「無所謂好或者不好。」

「妳在流汗。」

「因為熱。」

「妳果然很奇特。」張景佑揚起不帶雜質的愉快笑容，抬起手以掌心替韓凜遮去了日光，「雖然範圍有限，不過多少有點用處。」

張景佑是個溫柔的人。

非常溫暖。

韓凜別開視線，不讓自己太過深刻的記憶下眼前的人，她所即將要傷害的人，韓凜明白，徐子凡終究會後退，一步兩步的往後退，佯裝坦然的韓凜自己丟失了拉扯的理由，於是她必須替自己找尋另一個能夠趨近徐子凡的理由。

張景佑是最靠近徐子凡的那個人。

那麼，張景佑身旁的位置，也就能夠以清楚的角度看見徐子凡吧。

韓凜已經分不清殘忍的究竟是她自己，又或者是她體內的愛。

「我的背包裡有傘。」

「但總是會有不想撐傘的時候。」

「不要對我那麼好，你想要的、或者期待的，我一樣都給不起。」

「我想要的跟我所期待的，妳本來就沒有給的義務，我對妳好不過是因為我想對妳好，而且不對妳好的話，我離我的期望就更遙不可及了。」他笑得非常溫柔，「分析下來，我好像沒有不對妳好的理由。」

韓凜還是拿出了背包裡的傘，撐開後稍微往張景佑的方向偏，讓他也被納入陰影之內，張景佑流暢的替她撐住傘，韓凜遲疑了一會兒最後鬆手讓他接過傘。

她抬起頭望向他。

「如果知道自己所追求的愛最終得到的只會是傷害，你還是會往前奔跑嗎？」

「沒有一份愛只會帶來傷害。」張景佑的聲音非常堅定，「何況，愛就是這種存在，讓人忘了那些疼痛與苦澀，不是，即使是疼痛與苦澀也還是想追尋，不單單因為那是愛，而是那裡有自己所愛的那個人。」

太陽很大。

非常熱。

即使撐著傘韓凜的汗仍舊不斷滲出，張景佑的聲音彷彿投進湖底的一顆石子，掀起陣陣漣漪，差一點韓凜就要提起徐子凡，但她終究沒有。

「我要回宿舍了。」

「我可以假裝自己順路嗎？」

「隨便你。」

張景佑愉快的走在韓凜的身側，她始終低著頭盯望著路面的影子，她的，張景佑的，但在隱約之中她彷彿瞥見了屬於徐子凡的第三道影子，重疊在兩個人之上。

極其幽黑。

徐子凡的臉色非常糟糕，他痛苦的靠坐在很硬的塑膠椅背，一口氣灌了半杯冰水。

課可以蹺，但和張景佑的固定見面不能缺席。他伸手揉了揉太陽穴，儘管明白自己的模樣必然會引來張景佑的擔憂與探問，徐子凡卻沒辦法考慮這些，就連該預備的說辭他也沒有準備。

如果說他發脹的腦袋還有思考的餘地，徐子凡設想的大概也只會是「萬一碰上以了張景佑以外，他第一次如此掛念一個人。

了韓凜該怎麼辦」這類問題；徐子凡沒辦法判斷這究竟是不是好事，除了張景佑以外，他第一次如此掛念一個人。

「發生什麼事了嗎？」

「什麼？」

「你沒發現我剛剛一直站在旁邊嗎？」張景佑一邊皺起眉一邊拉開椅子在徐子凡對面坐下，「我從各個角度進行確認才能肯定你是徐子凡。」

「是嘛。」

連掩飾也沒有。

徐子凡乾脆的承認自己狀況不佳，當然這也不是否認就能唬弄過去的事，只是長久以來徐子凡總是避免讓張景佑投注過多心力在自己身上，習慣性的隱藏自己的負面情緒或者遭遇的挫折；張景佑望著徐子凡，眼前的徐子凡真的很糟糕，但他卻有一種慶幸。

他們兩個人之間，明明是最貼近的朋友，卻總是拚命表現出「我很好」的模樣。不是逞強。而是怕另一個人為了自己逞強。

「怎麼了嗎？」

「沒事。」

「你覺得我會相信嗎？」

「不會。」

「不想說也沒關係，喝水吧，多喝一點。」

「我連腦袋裡都進水了。」徐子凡重重的吐氣，乾脆的把玻璃杯裡的冰水全部喝光，「但就算進水，淹沒掉了所有思考，真正想拋在腦後的卻像泡了水的牛仔褲反而更加沉甸甸的。」

「據說文豪都是這樣來的。」

「什麼？」

「精神受到打擊之後就會產生靈感。」

「當文豪不是我的人生目標。」

「喝酒了嗎？」

「嗯。」

「你忘記自己酒量很差嗎？」

「喝酒就是為了忘記所有該記得的事。」

「徐子凡。」

「幹嘛？」

「你態度差得很可愛。」

「收起你不合時宜的感想。」

徐子凡瞥了張景佑一眼，那瞬間彷彿同時看見了韓凜模糊的面容，也許往後韓凜的影子便會如此追隨在他和張景佑身旁；但這樣也好，至少也稱得上是留住了某部分的韓凜。

「這該怎麼辦，我沒料想到這種狀況。」

「什麼意思？」

「韓凜待會也會來。」

「你說什麼？」

「我試著約韓凜出去，沒有意外的被拒絕了，但她說『因為覺得兩個人很尷尬，如果徐子凡在的話她可以考慮一下』，所以……」張景佑露出不好意思的淺笑，「對我來說這實在是不能錯過的機會，所以我就擅自約韓凜來了。」

韓凜在想些什麼？

徐子凡抓起水杯才發現水已經喝完，他感到一股強烈的焦躁，韓凜不會做多餘的事，也沒有給別人曖昧空間的習慣，「如果徐子凡在的話」，徐子凡不自覺收緊握住水杯的手，除了沉默他什麼也不能做。

接著韓凜來了。

張景佑愉悅的揮了揮手，對上眼時韓凜給了個不帶感情的微笑，她乾脆的在張景佑左邊的空位坐下，恰好面對徐子凡。

「你臉色很糟。」

「只是昨晚沒睡好。」

「是嘛。」

在踏進咖啡廳之前韓凜設想了許許多多的狀況，也演練了若無其事的表情，但當她瞧見徐子凡憔悴的面容，她的心整個沉了下來。

他不是無動於衷。徐子凡當然不是無動於衷，即使韓凜明白這一點，卻還是反覆的動搖，直到這一刻，韓凜的心一邊感到疼痛，一邊卻又覺得欣慰。

韓凜完全搞不懂自己。

「這真的是例外中的例外，我認識子凡那麼久，他第一次長這樣，所以說不定妳算是特別幸運的那種類型，碰上非常罕見的光景。」

「就說了我只是睡不好。」

「要不要今天來跟我睡？我可以唱搖籃曲給你聽。」

「不需要。」

「你們感情真好。」

「當然，我都說這是一種命中註定。」

張景佑揚起相當燦爛的笑容，但他沒發覺徐子凡和韓凜的目光正緊緊鎖住對方雙眼，韓凜唇邊泛開幾不可見的淡笑，刺進徐子凡的心臟。

他只能斂下眼。

「我差不多該走了。」

「是嗎？」

「嗯，徐子凡現在的狀態應該也不希望我在這裡待著。」韓凜的聲音涼涼的，彷彿蓄意一般，她望向張景佑，「反正你有我的電話。」

「我送妳到門口吧。」

韓凜來回看了徐子凡與張景佑一眼，她不知道皺起眉心的徐子凡在想些什麼，但他正筆直的注視著自己，韓凜發現她所能想到就只有這一點而已。

我這麼做，所以你才會看我嗎？

於是她輕輕點了頭，沒有拒絕張景佑的提議，也許她還在等，等著徐子凡站起身阻止這一切進展；然而徐子凡沒有，他就只是用著非常緊繃的神情目送著韓凜離去。

最後哀傷的嘆息。

猶豫了許久徐子凡仍舊走到了這裡。

他背對著韓凜即將走來的方向，勉強自己將視線投注於眼前的車水馬龍，第五輛白色轎車，第八輛 Lexus，以及第十九輛腳踏車。

現在那個看起來像是法國人的金髮女孩騎的是第二十輛。

映入韓凜視野的便是徐子凡沒有言語的背影。

她趿拉著白色帆布鞋走向大門，電話另一端的徐子凡聲音帶有某種悶滯感，我在校門口等妳，徐子凡並非詢問，也沒有非得要韓凜赴約的強勢，總之我會等，他所透露的就是這種感覺。

醞釀著的談話韓凜了然於心。

她無法預想彼此的步伐將會將她和他引導到何處，至少從韓凜採取動作的那一刻起，她就沒有期望過更好的結果；然而人性的自私與不甘比她所能盈握的更加沉重並且歪曲，當手機螢幕浮現徐子凡名字時，湧進她心底的竟是一種近似安心的踏實。

儘管她不是徐子凡的選擇，但在這境況下的徐子凡同時沒有選擇的必須張望著她。

無論那目光中帶著什麼樣的流轉。

這是韓凜的卑微，同時也是她的卑鄙。

或許人的愛與恨也不過是如此的一體兩面。她並不想傷害徐子凡，卻只有劃下傷痕的瞬間，徐子凡才會抬起迴避著她的眼。

這一切實在太過可笑，但韓凜卻笑不出來。

「找我有什麼事嗎？」

隔著兩個跨步那麼遠，韓凜依舊清晰的看見徐子凡的輕顫，像被嚇著了一樣，但旋過身的徐子凡並沒有任何能夠被辨識的表情。什麼也沒有。

「有些話想說。」

「那就直接說吧。」

「為什麼要這麼做？」

「你指的是什麼？」

「景佑的事。」

「這不在你的預想之內嗎？」

「韓凜。」

「你有你的選擇，我也有我的選擇，張景佑是個非常溫柔又非常善良的人，不是嗎？」

「但是妳——」

「但是我怎麼了？」

但是妳心底的人並不是張景佑。

徐子凡的話卡在唇邊，他忽然想起自己是這個世界上最沒有資格拋擲出這句話的人，甚至他也沒有權力站在這裡質問韓凜。於是他沉默了。但那沉默之中卻又什麼都說了。

為什麼不繼續說呢？

韓凜的淚水在眼眶中打轉，她拚命的忍耐，卻控制不住自己的顫抖，為什麼不繼續說呢，只要徐子凡起了頭，她就能再度將自己的心攤開，她就不必假裝無所謂。

但最後徐子凡只是無奈的喊了她的名字。

「韓凜……」

「不要用這種口吻喊我的名字，像是你做錯了什麼，也像是我做錯了什麼，但所謂的錯誤到底是什麼呢？我只是，往自己想走的方向走而已。」

韓凜的眼淚掉了下來。

但她在笑。

「你不願意當那個『得到』的人是你的決定，但你能阻止我或者張景佑得到些什麼嗎？」

「但那不會是真的。」

「人呢，戲演久了就會入戲，入戲深了就會忘了那是場戲，等到忘了的那一天，誰還在乎什麼是真的而什麼又是假的？」

不是這樣的。

韓凜並不想說出這些傷人的話。

然而這些話語彷彿預備好的台詞源源不絕的滑出她的唇舌，韓凜盯望著徐子凡眼角不小心顯露的痛苦，卻收不起她張開的刺。

我到底是想拉住他呢？

又或者想驅逐他呢？

韓凜反覆的想著，卻得不到任何具體的答案。

「韓凜……」

她別開眼。

說。清晰而緩慢的。

「你往後退不是為了讓張景佑能更靠近我嗎？既然如此，你應該阻止的不是我，而是你自己。」

如果你拉住我，我就不會走向他了。

那並不是為了要報復你，儘管迂迴而卑鄙，但那卻是我唯一能趨近你的路途了。

韓凜走了。

留下尖銳如刀刃的字句，精準的刺進徐子凡柔軟的心窩，縱使他想著自己不能踏過張景佑的感情而牽起韓凜的手，卻沒有做好任何預備面對韓凜走向張景佑的可能。

他不過就是個自私卑鄙又懦弱的男人，認為只要自己承受了失去與疼痛，便能掩蓋某些深埋在心中的罪惡感，但這不是贖罪，單純是他個人的自我滿足。

韓凜沒有錯，錯的是他。

打從一開始就錯了。

徐子凡像被抽走全身氣力一般癱靠在圍牆邊，他想要的究竟是些什麼？是在許久的以後自己能夠大聲的對張景佑喊出「我也為了你失去了所愛的人」嗎？

他不知道。

徐子凡真的不知道。

「變態君？」熟悉的嗓音讓徐子凡抬起頭，他看見一臉納悶的康晴朝他走來，

「你肚子痛嗎？」

「沒有。」

「但是你整個臉像吃了加進濃縮醋酸的梅餅一樣糾結在一起，很可怕耶。」

「我沒事啦。」

「那你為什麼一個人待在這裡？啊，在等韓凜嗎？」

「不是。」

「吵架了嗎？」

「不是。」

「又不是否認就有用。」康晴很沒有同情心的聳了聳肩，「店長一直跟我抱怨你跟韓凜像是要讓店裡進入冰河時代一樣冷颼颼的，他還真的感冒了說，但我也沒有想問到底發生了什麼事，只是韓凜很倔強，如果兩個人之間需要有一個人先放軟姿態的話，怎麼想都該是變態君的工作。」

「又不是工作分配。」

「態度很差喔。」康晴嘟起嘴，「我也不是要為了你們兩個好，而是你們兩個至少要為了大家好吧，不然這樣下去說不定每個人都跟店長一樣得了重感冒。」

徐子凡嘆了口氣。

「我跟韓凜又不是病毒。」

「如果是病毒還比較輕鬆呢。」

「妳有空在這裡跟我閒扯嗎？」

「剛好我很有空。」

康晴扯開了嘴角，擺出一副嫌麻煩的模樣，但徐子凡想起店長說過康晴相當擅長察言觀色，也很擅長演技，如果真的覺得麻煩康晴不會在自己身上耗上那麼久。

「無論如何謝謝妳。」

「我又沒做什麼。」

「韓凜她，很不好嗎？」

「用你的眼睛看不是最準嗎？」康晴似乎嘆了一口氣，但徐子凡又感覺那是錯覺，「雖然很不想引用店長的話，但店長說過，人的眼睛非常的奇特，就算清清楚楚的看見了，也還是能當作眼前什麼都沒有，如果沒辦法假裝看不見，那就索性移開視線讓自己真的看不見……變態君，把頭轉開當然是最輕鬆的選項，但一時的輕鬆所必須付出的代價比你能想像的還要巨大。」

「經驗談嗎？」

「真是討人厭。」

「謝謝妳。」

「不需要這些，下次穿蓬蓬裙吧，不然店長一直覺得買來沒人穿很可惜。」

「我不要。」

「這世界如果說不要就能不要的話，就不會有動亂了。」

「如果有哪個人能制伏店長的話，發生動亂的可能性會比較小。」

「也是。」康晴同意的點了頭，「我差不多該走了，你如果肚子痛的話還是去看一下醫生比較好。」

「我沒有肚子痛。」

「其實我也不是真的在意啦。bye。」

18

「你做出了你的選擇，而我做出我的選擇，誰都沒有錯，但我們怎麼會一直往錯裡走呢？」

19

「我差點以為自己看錯，是韓凜沒錯吧？」

「嗯。」

「果然女孩子換了髮型就像換了個人一樣呢。」

「是嘛。」

韓凜憑藉著一口衝動把維持了很多年的長髮一口氣剪短到耳下的位置，設計師也許是察覺了她的不冷靜，在下刀之前反覆問了三次「真的要剪那麼短嗎」，但每一次詢問都更加強韓凜的意志，最後她從鏡子裡看見設計師俐落的下刀，乾脆的剪斷她的長髮。

據說女人在失戀時就會想剪頭髮，揮除某部分的自己，也割捨黏附在自己身上的對方，但隨著髮絲掉落在地板上，韓凜才發現這一點用處也沒有。

徐子凡待著的位置在心臟，而不是頭髮。

然而注視著鏡子裡與幾分鐘前截然不同的樣貌，韓凜感受到自己體內也產生了質變，像是想通了什麼，也像是釋然了些什麼。

既然是徐子凡做不到的，那麼就由她來做吧。

「張景佑。」

「怎麼了嗎？」

「我有喜歡的人。」

「嗯……老實說我也不能說沒有預想到，不過真的聽見心還真的是有點痛。」

張景佑很乾脆的扯開笑，「但妳從一開始就沒給過我希望，連想像空間也沒有，所以也沒有戲劇般的打擊感。」

「想追求戲劇性嗎？」

「人都暗自期望自己的人生能染上某些與眾不同的戲劇性，對於愛情特別懷抱著這樣的幻想，不過百分之九十九點九的狀況，都是很大眾性的。」

「我喜歡徐子凡。」

「什麼？」

張景佑的笑容停在半空中，他揣度著韓凜的表情與話意，但對方淡漠的臉容沒有給出任何值得參考的線索。

「這是隱藏攝影機之類的遊戲嗎？」

「不是。是你追求的戲劇性。」

「子凡知道嗎？」

這兩個人第一時間考慮的果然是對方呢。韓凜唇邊露出不知道該說是好笑還是生氣的弧度，她的思緒翻轉了好幾遍，最後還是輕輕搖頭。

「不知道。」

「真是糾結的情節呢。」

「你的感想還真灑脫。」

「我的胸口悶悶的，這是事實，不過妳不喜歡我，這是更早之前就知道的現實，當然我能夠接受，不過我也要誠實的告訴妳，子凡他……可能會很糾結。」

「為什麼？」

「我跟子凡之間有過一些事，所以他很顧慮我的感受，比起他自己，他可能會把我擺在前面，不過妳千萬不要誤會，我和他之間沒有特殊的感情。」

張景佑急切說明的表情讓韓凜不經意笑了出來，但她旋即嘆了一口氣，自己怎麼會有過想傷害這個人的念頭呢？她伸手想以指尖捲繞髮尾，卻撲了個空。

韓凜決定改變策略。

或許三個人之間存在著誰也不必受傷的選擇。

她不想傷害徐子凡，真的不想，這樣下去的她不過就是重蹈覆轍，明明深深愛著母親也愛著哥哥，揮起手做的卻是反覆刨刮彼此的血肉；所謂的愛不應該是這副模樣，她想給徐子凡的愛並不是這樣。

韓凜突然覺得徐子凡讓她以超乎想像的速度醒悟並且成長。

「所以我該怎麼做才好呢？」

「韓凜妳這是在問我嗎？」

「嗯。」

「妳果然是很特別的那種類型。」

張景佑忽然不合時宜的笑了出來，捧腹大笑，不是文學上的修辭，而是真的捧腹大笑，甚至太過誇張而引來其他人的注目。

「笑夠了嗎？」

「妳喜歡子凡這件事的戲劇性還小於問我怎麼辦的戲劇性，真的，這實在是——」

「你可以拒絕回答。」

張景佑花了一段時間鎮定情緒，好不容易抹去笑意接著一臉正色，「我不是不想回答，只是暫時我也找不到最好的答案，給我一點時間思考，在那之前，妳先在我看不見的地方跟子凡培養感情吧。」

「為什麼要在你看不見的地方？」

「妳真的以為我那麼堅強嗎？」

「但徐子凡怎麼可能和我在你看不見的地方培養感情？」

「說的也是。」張景佑認真沉吟許久，最後居然給出了相當微妙的感想，「我果然是個巨大的阻礙。」

這次換韓凜笑了。

事情怎麼會是這種走向？

她的笑越來越劇烈，前些日子自己的悲慘簡直如同鬧劇，迂迴纏繞，直截了當說出來得到的是如此輕鬆愉快的結果，怎麼她還反反覆覆的繞行呢？

「總之妳先設法培養出什麼吧。」張景佑揚起他一貫的爽朗笑容，「內容物我沒辦法干預，但我可以想辦法幫妳弄到培養皿。」

「培養皿？」

「嗯，把星期三下午空下來吧，跟上次差不多的時間。」

「張景佑。」

「為什麼突然這樣看我？」

「你人未免好得太誇張了。」

「不是。」張景佑泛開輕輕的笑，儘管對著韓凜但她卻感覺那笑不是給她的，「換作其他人，我大概會自私的繼續追求妳，也可能轉身就走，但因為是子凡，因為妳喜歡上的是徐子凡，所以我才有辦法做到這種程度。」

韓凜的心尖有微微的震動。

最後她說：

「你真的不喜歡徐子凡對吧？」

韓凜的心情很好。

張景佑的表情也相當飛揚。

來回看了正愉快討論著要去哪裡消磨時間的兩個人，徐子凡有一種強烈的、想翻桌的衝動；但他忍住了，一口氣灌下半杯冰可樂，二氧化碳也像是要跟他作對一樣用力襲擊著他的食道與肺部，徐子凡煩躁的耙亂了頭髮，眼前親暱的兩個人絲毫不在意他。

這不就是你要的結果嗎？

對。沒錯。他希望張景佑像這樣開心的笑著，也希望韓凜能綻放她非常耀眼的笑容，但明明眼前的畫面符合他設想的「最佳狀況」，為什麼他卻想破壞那副和諧呢？

無論如何他都必須忍耐。

刷的一聲徐子凡站起身，恰好迎上抬起頭的韓凜雙眼，「我去洗手間。」

「不要在意，子凡這陣子心情都很差。」

「為什麼？」

「嗯……」張景佑露出有點為難的表情，「他通常都會隱藏自己遭遇的不好的事，這是他第一次明明白白的表現出煩躁的樣子，問過幾次他沒有打算說我也就不問了，畢竟，能坦率展露情緒我覺得已經是很大的進展了。」

「你跟徐子凡不是最好的朋友嗎？」

「我說過的，我和他之間有過一些事，唉，一開始我採取的動作錯了，後續的一切都通通偏了方向，該怎麼說呢，可能旁人看來是簡單明瞭的事，說開了就好，但因為太在乎了，所以反而什麼也沒辦法做，結果就讓狀況越來越膠著。」

「你不像是會這麼猶豫的人。」

「阿基里斯腱。總會有這種區塊存在。」

「不想解開嗎？」

「當然想，每一瞬間都在想，但又怕說出口的瞬間，我和他都會失去一些什麼；如果是能夠預想的東西，就有辦法預先準備對應的措施，但因為是人心，所以誰也沒辦法預料，人呢，最恐懼的可能不是多麼巨大的失去，而是不知道即將失去的是些什麼。」

「你和徐子凡……」

「如果有機會再告訴妳吧，因為這不是我單方面能夠擅自透露的事。」

「嗯。」

徐子凡洗了三次臉，好不容易平靜下來卻又再度劇烈翻攪，韓凜托著下巴認真的聽著張景佑說話，兩個人的距離靠得很近，卻又保留著適當的長度，中間的空白恰好能被安放進「曖昧」二字。密密實實的。

韓凜的心能變得那麼快嗎？

繃著臉徐子凡終於體悟到潛藏在自己心底的自私，因為韓凜的愛終究是他的，縱使他不能牽起韓凜的手，得到那位置的人也不會是張景佑；於是徐子凡便能在遙遠的某處，沒有韓凜的某處，私自保留屬於韓凜的記憶與愛情。

但韓凜說了，張景佑是個非常溫柔又相當善良的人，他弄傷了她，那麼恰好讓張景佑的溫柔撫慰她的疼痛，這不是正好嗎？

不是。

徐子凡覺得自己的腦袋就快要爆炸了。

但這是他必須承受的代價。張景佑為了他犧牲了整個人生，不過就是愛情，儘管讓自己的心臟每一次跳動都那麼痛，那也只是愛情罷了。

「為什麼站在那裡發呆？」

「沒事。」

這次換韓凜站起身了。

「我去洗手間。」

她的手隱約擦過徐子凡的，不知道是碰巧，或者蓄意，韓凜所留下的空白顯得非常刺眼。張景佑注視著徐子凡的怔忪，像是察覺了什麼，他無聲嘆了口氣。

「韓凜有喜歡的人。」

「什麼？」

「嗯，字面上的意思。」張景佑擺出無所謂的表情，聳了下肩，「不過你知道我不會在意這種事，只要韓凜還單身，這也不是很大的問題，反正她一開始也沒有給過我希望……」

「但是——」

「你是想說我和韓凜看起來感覺不錯吧？她說她被拒絕了，雖然這樣有點可恥，不過趁虛而入真的很有效，我滿感謝拒絕她的人呢。」

徐子凡的手不自覺握緊拳。

他別開眼，正好遺漏了張景佑嘴角的竊笑。

「韓凜對我說，她不知道愛能不能被培養，不過至少是給了我機會了。」

「如果到最後韓凜還是沒辦法喜歡上你呢？你沒想過這一點嗎？」

「那就是風險啊，至少比起『絕對不可能』，我還是得到了些微的可能性。」他說，彷彿意有所指般，「很多時候人呢，就是會為了追尋某些幾近於零的可能性而付出全部的自己。因為不是零。因為還不是零。」

「景佑——」

「我不會因為最後落空而感到被傷害，因為這是我的選擇。」他說，筆直的望進徐子凡的雙眼，「你知道真正的傷害是什麼嗎？」

韓凜不知道什麼時候走到了桌邊，打斷了張景佑的話語，但他似乎也沒有想接續的意思。

——你知道真正的傷害是什麼嗎？

「時間差不多了，四點半學生會要開會，子凡麻煩你送韓凜回去，一定要好好送到，不然我絕對會拋開兄弟情誼，狠狠的修理你。」

「知道了啦。」

「下次我會親自送妳，這次實在是不得已才會把這千載難逢的機會讓給子凡——」

「嗯。」

張景佑爽朗的揮了揮手，旋即揹起包包走出速食店，推開玻璃門的同時他無聲的吐了口氣，人隨時隨地都在演戲，他沒有回頭，他沒有更多的力氣去面對那可能的畫面。

原來自己也沒有那麼灑脫。

也有幾個瞬間想著「為什麼不是我而是子凡」，但張景佑比誰都還要清楚，一個衝動或者輕率的決定會引來多麼長遠而巨大的後果，他扯了扯嘴角，也許這就是成長也說不定。

沉默像突然傾倒而下的滂沱猛然撲打在徐子凡和韓凜之間。

韓凜咬著塑膠吸管，既沒有離開的意思，也沒有延續愉快氣氛的打算，連望向徐子凡也沒有，彷彿她和他不過是偶然同桌的陌生人。

但他們終究不是。

「韓凜。」

「做什麼？」

「妳……」徐子凡好不容易擠出了開頭，他有許許多多的話想說，有總總的問號想拋出，但他終究是把話給吞下了。「我送妳回去吧。」

「我沒有想離開的打算。」

有一瞬間徐子凡幾乎以為韓凜的話是一種極其明顯的隱喻，但韓凜拿出小說開始翻閱，他甩了甩頭拚命告訴自己不要多做揣想。

對韓凜而言他並沒有那麼無可取代。

「你不走嗎？」

「我沒有其他的預定。」

「那也不表示你必須待在這裡瞪著我看，還是說，張景佑交代你送我回宿舍，你就非得達成不可？先生，你現在轉過身就能看見我住的宿舍，就只是這點距離而已。」

但徐子凡依舊沒有打算離開。

他還能有什麼機會以如此近的距離待在韓凜身邊呢？

我很喜歡妳。真的。真的很喜歡妳。徐子凡想移開視線卻沒有辦法，也許往後他就必須以這樣的咫尺來面對他和她相隔的遙遠，這是他的選擇，也是他的活該。

「你一直盯著我看是什麼意思？」

「沒有。」

「徐子凡。」

「嗯。」

「就算只是這樣的注視對我而言也是一種撩撥，如果你沒辦法完美的佯裝若無其事，你想保護的張景佑總有一天會發現。」韓凜放軟了語調，「你還不明白我為什麼要死皮賴臉的待在這裡嗎？」

「韓凜……」

「因為我想賭，賭自己會成為你的破綻。」

「我能給妳的答案就只有那麼一個，所以——」

「那麼你只要一次又一次給我同一個答案就好，等到我能接受了，我就會離開。你不用擔心，我不會給張景佑任何期待，因為我不想傷害你，也不想傷害你重視的人。」

「韓凜——」

「到此為止，我現在不想跟你說話，話題繼續下去的話，可能會往讓彼此都不樂見的方向走。」韓凜認真的注視著徐子凡，「反正你只要比我更有毅力就好。」

韓凜似乎有哪裡不一樣了。

凝望著低下頭開始專心讀著小說的韓凜，徐子凡突然覺得她好陌生，但卻不是因此就能輕易揮開她，相反的，他想更近一點端詳韓凜的改變，想——

徐子凡煩躁的甩了甩頭。

他什麼都不能想。

「想當黃金獵犬嗎？」

「妳不是不想跟我說話嗎？」

「如果是關於狗的話題，勉強還可以。」

「但是我不想討論狗。」

「那就算了。」

「韓凜。」

「做什麼？」

「妳不要勉強自己。」

「這句話你對著鏡子說上一百次再來對我說。」

「妳——」

「徐子凡你到底要不要讓我看書？」

「妳看吧。」

徐子凡讓整個身體的重量都放在塑膠椅背上，他還是沒辦法移開固定在韓凜臉龐的視線，多膠著一秒他的心就多陷落一公分，他比自己認為的還要喜歡韓凜，他知道自己會後悔，不、從選擇的那瞬間起他就已經開始後悔了。

但他能拉住她的手嗎？

「徐子凡。」

「嗯。」

「不要逼我。」

「我什麼都沒做。」

「就說了不要那樣看我，你在假裝若無其事，我也是——」

韓凜忽然拉起身子，將唇輕輕貼上他的，在徐子凡來得及反應之前，韓凜已經往後退回原位；她匆促的把書扔進背包裡，站起身頭也不回的快步下樓，徐子凡愣了幾秒才轉過身，透過玻璃目送著他的遠去。

他的手不自覺撫過唇邊。

胸中充斥著不該有的餘波盪漾。

「變態君，你最近內分泌失調嗎？」

「什麼？」

「還是有更不為人知的隱疾？」

「既然是隱疾怎麼會讓你知道？」

「啊，是我考慮不周，我不該這麼問的。」

「我沒有任何隱疾！」

「我瞭解，我真的瞭解。」店長理解的拍了拍徐子凡右肩，「在你治療好之前，我都會分派最輕鬆的工作給你，店長就只能為你做到那麼多了。」

「不要想些亂七八糟的內容，我沒事，一點稱得上症狀的東西也沒有。」

「可是你有黑眼圈。」

「天生的。」

「右邊臉頰冒出兩顆青春痘。」

「我還很年輕。」

「有鬍碴。」

「我明明就刮了。」

「你把小凜弄哭了。」

「我——」

韓凜哭了嗎？

徐子凡忽然吞進了所有聲音，愣愣的盯著店長瞧，他這時才遲鈍的發覺，儘管他明白韓凜必定很難過，但他面對的總是一張若無其事的臉龐，也就能夠逃避「她很難過」的事實。他和張景佑之間也一樣，佯裝若無其事的張景佑給了他喘息的空間，縱使如此徐子凡應該要面對的，但他逃了，和張景佑演起一場沒有終場的戲。

說到底就是他逃了。

店長毫不客氣狠狠的巴了徐子凡的腦袋。

「隨便猜猜還真的，居然把小凜弄哭，你這該死的變態君——」

「不要打我的臉。」

「又不是靠臉吃飯你擔心什麼？不要打臉，我偏偏就是要打你的臉，欺負我們家小凜，看我怎麼欺負你，讓你明白什麼叫做職場霸凌。」

店長用力扯著徐子凡的臉頰，被特意支開的韓凜走回店內看見的就是這宛如修羅場的畫面，想了兩秒鐘她決定當作沒看見，果斷的經過徐子凡身後，若無其事的洗起抹布來。

「欸，小凜完全視你為無物耶，你被三振了嗎？」

「是接殺。」

「那還是出局嘛。」

「至少……算了。」

「想說『至少我打到球了』嗎？」店長又抬起手用力的巴了徐子凡腦袋，「就因為你打到球，小凜才會哭，你這個沒長腦袋的變態君。」

「就算有腦袋也被你打到沒了。」

「不要胡亂牽拖，地上也沒有類似腦袋的渣渣，所以絕對不是剛剛被我打掉的，而是本來就沒有。」

徐子凡瞄了韓凜一眼，不期然想起唇畔的觸覺，他飛快的收回視線，但他的小動作早就被店長看穿了。店長索性架著他到店門邊拷問。

「我不是很想參與，但這種『好像有又好像沒有』的狀態，擺明就是引誘人問。」

「麻煩店長好好鍛鍊自制力。」

「問完再鍛鍊。」店長施力勒緊他的脖子，「所以，現在到底是怎樣？」

「沒怎樣。」

店長又勒得更緊。

「怎樣？」

「沒怎樣？」

「想逼我使出十字固定嗎？」

「不管是怎麼樣都無所謂了，不會有你期待的接續，什麼也不會有。」

「接不接續跟我沒有關係。」店長突然鬆開對徐子凡的箝制，「我不喜歡干預其他人的事，特別是感情，要後悔要揮霍要小心翼翼的呵護都是當事人的問題，只是小凜哭了，我沒辦法忍受這一點，她不是躲起來偷偷的哭，也不是放肆的大哭，而是在擦著桌子的時候滴下眼淚，你知道差別是什麼嗎？」

她在忍耐。

拚命的忍耐。

「剛剛不是才說用猜的嗎……」

「我說的話能信嗎？」店長瞄了吧檯邊的韓凜一眼，「要相信什麼、要看見什麼，都是你的問題，反正你沒看見，你可以相信我的話，也可以當作我胡謅。」

「你可以負責任一點嗎？」

「又不是我的感情我負什麼責？這樣吧，你穿上蓬蓬裙我就考慮告訴你哪邊是實話。」

「不可能。」

「你慢慢考慮吧。」店長又過度用力的拍了徐子凡的肩膀，「小凜我待會再來。」

「好。」

接著店長率性的推開門離開了。

店裡只剩下徐子凡和韓凜，沒有任何客人，這是他打工以來第一次遭遇的獨處，人越想逃避獨處就越容易陷入只有彼此的境況。莫非定律。

徐子凡決定把所有的桌子再仔細的擦過一遍。

但在那之前，他得先走到吧檯內的流理台拿到抹布才行，對，他是為了要拿抹布才走過去的，絕對不是來自於他的私心。

「張景佑昨晚打電話給我。」

徐子凡的手幾乎要碰到晾在一旁的抹布了，聽見韓凜的話他不自覺旋過身，卻發現自己和韓凜離得那麼近，彷彿她的體溫就這樣透了過來。

「要去嗎？宜蘭。」

「既然是妳跟景佑的約，那——」徐子凡發現自己說不完整句話，他放棄般的吐了口氣，「什麼時候？」

「去問張景佑。」

簡直是被牽著鼻子走。

徐子凡越來越無法掌握自己所處的狀況了。

他和韓凜肩並肩的坐在客運上，這就是問過張景佑的結果，從來不爽約的人卻在發車前一刻打來電話，以清爽的嗓音拋下「我不小心睡過頭，我搭晚一點的車過去，不用擔心我」就掛斷了電話，徐子凡擔心的不是張景佑，而是他自己。

「沒發現我把頭髮剪短了嗎？」

「有。」

「就算基於禮貌，也應該要提一下吧。」

「韓凜。」

「嗯？」

「總覺得妳不太一樣了。」

「我也很訝異。」韓凜把玩著自己的雙手，露出不知該說是溫柔，或是寬容的淡笑，「可能是心底的結被稍微鬆開了吧。當然我跟家人的結還需要一段長長的時間來解，因為打得太死太緊了，但我跟你之間的結不過就是新綁的，面對起來也明快很多……你說過，為了護住你心底的死結，所以就算打上再多新的結也是代價，但我不想纏上更多的結了，所以想解開，並不是一定要得到你的感情，而是我不想什麼也不做的任憑結越拉越緊……你就好好的護住你的結，我努力的解開我的結，沒什麼衝突，但可能需要一點毅力，我們都需要。」

「謝謝，還有、對不起。」

「不要道歉，你沒有什麼錯，這不是假裝豁達，因為是感情所以有各自的選擇，你沒有欺騙我，當然也就沒有虧欠我，何況我還從你身上得到那麼多，該說謝謝的是我，不過我現在沒有道謝的心情。」

徐子凡安靜的凝望著韓凜的側臉，他緩慢的伸出手，輕輕的握住韓凜的右手，她的輕顫清晰的傳遞而來，但韓凜沒有抬起頭，依舊維持著起先的動作。

「我還是有了一個該道歉的理由了。」

「嗯，但我現在不想聽。」

「那我就不說話了。」

「徐子凡。」

「嗯。」

「可以多給我一個跟你道謝的理由嗎？」

「嗯？」

韓凜沒有說話，輕輕將頭靠上徐子凡的肩，不知怎麼的她的眼角竟滑落溫熱的水痕，沾濕了徐子凡的襯衫，她想起貼著他的背猛烈哭泣的那一晚，也許從那麼早以前，她就已經打從心底依賴這個男人了。

人總是要過了一段長長的時間才會明白如此簡單的事。

只是明白時，總是失去之後了。

這股難解的鬱悶是怎麼回事？

徐子凡蹂躪著手中的礦泉水瓶，一個小時前還靠在他肩上的女人現在居然開開心心的和另一個男人拍著照，人偶有什麼好拍的？一面牆有什麼好拍的？不是宜蘭人嗎？為什麼要做跟觀光客一樣的舉動？

他用力的吐了口氣，耙了耙頭髮，徐子凡已經忘了自己的頭髮已經多久沒有整齊過了，這是你自找的，徐子凡大聲的對自己說，除了忍耐別無他法。

至少韓凜說過她不會接受張景佑。

如果這女人突然不負責任的抛出「我覺得張景佑挺好的，決定和他在一起了」，到時候他該怎麼辦？

不對，他期望的不就是張景佑的幸福快樂嗎？

徐子凡覺得自己的小宇宙快要爆炸，他不僅左右為難，連身體內部都像被製作泡沫紅茶的娃娃拚命搖晃般攪成一團，這是報應，這才是真正的報應。

「你一個人在演什麼內心戲？」

「不是在拍照嗎？」

「我覺得你這邊比較有戲，為了你稍微冷落了韓凜，有沒有很感動？」

「沒有。」

「真是無情。」

「三個人就是會有人落單，下次以我和韓凜作為藉口，約你喜歡的那個女孩出來吧。」

她就在那裡。

徐子凡差點暴衝說了出來。但他喝了一口水後又找回了冷靜。

「我失戀了。」

「這就是你這陣子狂演內心戲的原因嗎？」

「回去拍你的照。」

「子凡。」

「又怎麼了？」

「你喜歡韓凜嗎？」

「什麼？」

「你喜歡韓凜嗎？」

「不要開玩笑了——」

「我們之間連這點真心都不剩了嗎？」

不知道從什麼時候開始，他和他兩個人便努力藏匿著自己的難過，拚命朝另一個人揚起燦笑，我很好，每一分每一秒都非常好喔，彷彿不這麼做不行，明明是最親近也最在乎的人，在對方面前卻全副武裝的封住自己的脆弱。

這難道不是一種無形的凌遲嗎？

「景佑……」

「開玩笑的啦，天啊，該不會是真的吧，你的臉色超難看的。」張景佑推了推徐子凡肩膀，「我很堅強的，要承認趁現在。」

「我跟韓凜只是朋友。」

「朋友。」張景佑以玩味的姿態複誦了這個詞彙，徐子凡沒有說謊，也沒有說實話，「那你知道韓凜喜歡的人是誰嗎？多掌握一點她的喜好，我會比較有勝算。」

徐子凡斂下眼，而張景佑便從這流轉之中得到了答案。

他知道。

又或許比知道更多。

張景佑胸中忽然湧生一股近似憤怒的悶滯，他搶過徐子凡手中的礦泉水，一股腦灌了下去，最後像要發洩一般用力的將空瓶扭轉，扔回徐子凡手裡。

「不要把垃圾丟給我。」

「本來就是你的。」

「真是……」

「你們在做什麼？」

「沒什麼，本來想關心一下苦瓜臉的徐子凡，但這傢伙居然連水都不給喝，真傷我的心。」

「你不是把水都喝完了嗎？」

「嗯，徐子凡太過分了。」

「妳不要跟著起鬨。」

「失戀了不起嗎？我也失戀了啊，韓凜也失戀了啊，就只有你擺著苦瓜臉，真沒用。」

「嗯，很沒用。」

「你們兩個——」

「幼稚的人都會這樣吧。」

「明明三個人裡面就他長得最成熟。」

「我還在這裡！」

「所以才更要說啊，幼稚的人就是會設法把自己搞成『我是全世界最悲慘的那一個』，但事實上根本就沒有必要。」張景佑伸手把徐子凡的亂髮揉得更亂，「你也要為我著想啊，我那麼愛你，萬一你真的變成全世界最悲慘的那個，我就……不對，你絕對不可能變成最悲慘的那個，因為愛你的我永遠會比你更哀傷。」

「嗯，成熟的人會讓自己過得很好，這樣才有餘力去支撐自己所愛的人。」

感覺有些什麼。

韓凜和張景佑這些話真的只是心血來潮嗎？

「我們去買飲料吧，讓人傷心的子凡要請客。」

「不要擅自決定。」

「投票也可以。」韓凜無所謂的聳了肩，「民主就是這麼一回事，要以多數人的幸福為優先。」

剛跑完十圈操場的徐子凡身體的力氣像被抽乾一樣癱躺在草皮上，身旁的大黑無視他的筋疲力盡津津有味的咬著魷魚絲。

徐子凡重重的喘息，天藍得簡直不像樣，他感覺自己的心跳劇烈得讓整個身體都隨之震動，而那震動將他藏匿於體內深處的愛情與後悔一併抖了出來。

他好想她。

想見她。

想聽聽她的聲音。

也想緊緊的擁抱住她，深深的感受屬於她的氣味與溫度。

這所有的一切，都被他輕率的放棄了。

「要吃魷魚絲嗎？」

「不要。」

「打火機還要嗎？」

「改天再說吧。」

「我這包魷魚絲吃完就會把打火機扔了，改天不要找我要。」

「嗯。」

一個小時前的徐子凡還坐在書桌前發愣，因為他翻開筆記本時不經意發現夾在內頁的韓凜照片，透過那平面的勾勒他想起她立體的笑怒哀憐，徐子凡的心熱熱燙燙的，耗費了極大精神才再度將她的笑以書頁覆蓋。

大黑就在這時候走進了房間。

「徐子凡你又處於彌留狀態了嗎？」

「彌留是這樣用的嗎？」

「沒錯。」大黑毫無猶豫的點了兩下頭，趁徐子凡不注意時一個跨步伸手抽出露出一小角的照片，「這種咩你當然吃不到。」

「還我。」

「不怕照片破掉就來搶啊。」

「你就不怕你的初音未來出了什麼意外嗎？」

「徐子凡，做人不要那麼卑鄙。」

「那就還給我。」

「拿去拿去。」

徐子凡飛快的收回照片，這次仔細的放進抽屜裡，他用力瞪了大黑一眼，最後還是沒控制住自己的右腳，於是猛然踹了大黑一腳。

這是他唯一一張屬於韓凜的畫面。對徐子凡而言太過珍貴。

但他能擁有那瞬間的定格嗎？

「有打火機嗎？」

「想幹嘛？神智不清到想放火燒宿舍嗎？」

「我要把照片燒掉。」

「為什麼？」大黑抬起腳戳了戳徐子凡的大腿，「剛才還寶貝成那樣……欸，徐子凡，太衝動是會後悔一輩子的，我當初把明日香讓給別人就後悔了三年又七個月，啊，現在想起來又開始後悔了……總之，你還是多考慮一下，真的不要太衝動……」

「打火機。」

「我沒有那種東西。」

「前幾天我才看見你用打火機烤魷魚絲。」

「不要說我不夠朋友，你現在去跑十圈操場，回來還想燒的話，我連汽油都幫你準備好。」

也許大黑說得沒錯，跑了十圈操場之後他所有的後悔都被震了出來。再跑十圈的話，說不定他所有的忍耐力都會消失殆盡。

「大黑。」

「做什麼？」

「朋友跟喜歡的女人之間你會選哪一個？」

「當然是女人，這種問題不需要浪費腦容量。」

「那如果是一個為了你犧牲了整個人生的朋友，跟喜歡的女人呢？」

「為什麼要選？」大黑咬了兩口魷魚絲，「朋友是朋友，女人是女人，就算這世界上有一堆為了兄弟放棄愛情的人，但也絕對不會是我。」

「為什麼？」

「拜託，女人多難找啊。」

徐子凡笑了。

「也是。」

「你跟你兄弟一起喜歡上照片上那個咩喔？」

「我沒有這樣說。」

「那咩喜歡哪一個啊？」大黑旋即搖了搖頭，「算了，當我沒問，你應該還是比較接近我這一掛，那答案就很明顯了。」

「謝謝喔。」

「不用太傷心，那個咩有一點等級，你還是不要肖想比較實在。」大黑同情的拍了拍徐子凡的肩，用他沾滿魷魚絲油膩的那隻手，「改天我們一起聯誼吧，不要讓德緯知道，他去了我們就沒戲了，再去找幾個比我們等級低的，這樣勝算就會很大了。」

「愛情跟等級沒有關係。」

「這是騙純情少年用的台詞，你不是在演偶像劇，人生比較接近玫瑰瞳鈴眼，徐子凡，你一定要搶在你兄弟之前把到另一個咩。」

「為什麼？」

「因為爽。」

「我還以為你要說什麼有建設性的話咧……」徐子凡坐起身，搶過大黑手上的魷魚絲用力撕咬了一口，「不過你猜錯了。」

「猜錯什麼？」

「她喜歡的是我。」

「不要自欺欺人了，吃吧，魷魚絲都給你吃吧，真是可憐的孩子。」

「她真的喜歡我。」

「我知道，我真的知道。」

「她是真的——」

「兄弟，不是我不相信你，就當那個咩真的比較悲天憫人吧，既然如此，你在哭個屁啊？」

「我……」

「自尊心很重要，但也不要逞強說些立刻就會被拆穿的謊。」大黑認真的曉以大義，「說謊並不可恥，可恥的是說了爛謊，讓身邊的人拆穿也不是，假裝不知道又很尷尬；不是每個人都像我一樣直白有勇氣直接點破兄弟的爛謊，結果就是你說一個謊，旁邊的人也跟著說另一個謊，這個謊、那個謊，這個謊、那個謊，這個那個謊謊謊——」

「夠了。」

「我好像很適合唱 rap 耶。」

「真不知道你哪來的自信。」

徐子凡決定無視大黑興致高昂的編寫即興 rap，說了一堆垃圾話，其中總會有能夠資源回收的什麼，一個人的謊需要更多人的謊來圓，到了最後可能誰也看不清誰了。

他用力的伸展痠痛的身體，天空還是藍得不像真的，但那終究是真的，徐子凡果斷的站起身，既然理智逼迫他說謊，那麼就設法逼走理智吧。

「再跑十圈吧。」

「你又要開始發瘋了嗎？」

「對。」徐子凡將大黑扯起，「不管是十圈二十圈，在還能思考之前都不能停下來。」

「我平常就沒在思考什麼，我可以停了……不要扯著我的衣領，叫你不要扯我的衣領你有沒有聽到——」

「這陣仗是怎麼回事？」

「喝吧。」

「你怎麼了嗎？」

「聽說深水炸彈一杯就可以醉了。」

「你知道我們在雞同鴨講嗎？」

「喝吧。」

「不要跳針，徐子凡，而且你忘了你的酒量很差嗎？」

「這才好，反正我們兩個之間得要有一個人醉。」

「那你喝深水炸彈，我喝啤酒就好。」

「我無所謂。」

張景佑來回望向桌面的各式酒類與表情平板的徐子凡，這絕對不是尋常的光景，他們兩個人對酒精飲料都沒有太大的興趣，何況徐子凡幾乎是沒有預告的來訪，甚至以不容拒絕的姿態將所有瓶罐擺上桌面。

他忽然開心的笑了出來。

徐子凡像是毅然決然的踩向彼此之間那條無形的阻隔，儘管必須以如此的形式，但張景佑卻有了相當強烈的實感，彷彿，衝破那道牆他和他才有可能跨越過去。

「既然如此，先從酒精濃度低的開始好了。」

張景佑把右手邊的啤酒推到徐子凡面前，自己則是拿了口味像飲料的水果調酒，他沒有喝醉的意思，反正徐子凡自己也說了，只要有一方喝醉酒就好。這種時候張景佑不會太過客氣。

徐子凡豪邁的扳開拉環，大口灌了半罐啤酒，皺起眉心的模樣一點也不享受，張景佑一度想阻止他，但這是徐子凡起的頭，他只好默默盯著徐子凡有些勉強的表情。

「你永遠都沒辦法代言啤酒，看起來一臉難喝的樣子。」

「就算津津有味的喝，我也不可能代言啤酒。」

「這世界上什麼事都有可能發生，不要太過武斷。」張景佑打開洋芋片，一派輕鬆的吃了起來，「慢一點喝也是會醉，反正明天放假。」

徐子凡抬起眼望向張景佑，他不知道酒精的作用是不是那麼快，一股躁熱從體內竄上腦部，但他仍舊相當清醒，甚至比踏進屋內之前的自己更加清醒。

「你是不是已經知道了？」

「知道什麼？」

「韓凜。」

「你指的是哪一邊？」

「什麼意思？」

「韓凜說她喜歡你。一開始我有想過會不會是她覺得這樣說我就會放棄，但韓凜沒有說謊，也沒有掩飾的意思，大概是知道『雖然隱瞞比較容易，但後續可能造成的傷害會更大』吧。」

這也許是一種隱喻。

徐子凡一口氣喝光了眼前的啤酒，又伸手拿了另一罐。

「那麼你呢？」

「什麼？」

「你對韓凜。」

「等我喝醉再討論這個問題。」

「也好。」

張景佑輕輕聳肩，對面的徐子凡很認真的喝著酒，他總感覺該幫忙些什麼，於是稍微坐正身子替徐子凡旋開伏特加瓶蓋，隨興的混起桌上的酒，雖然感覺不會好喝，但徐子凡大概也不追求好喝。

他甚至扔進了一顆藍色的薄荷糖當作裝飾。

「不要弄得那麼噁心。」

「又不是我要喝的。」

「不能有同理心一點嗎？」

「這是因為愛，為了讓你以後不要有想喝酒的念頭，所以我才設法把酒弄難喝一點。」

「你擺明就是想整我。」

「不行嗎？」

「你以為我會說『沒關係你就盡量整我』嗎？」

「嗯。」張景佑把「成品」推到徐子凡面前，「你知道你從來沒有拒絕過我的要求嗎？就算偶爾會露出勉強的臉，卻連討價還價或者拒絕的意思也沒有，一次兩次下來，我也搞不清楚你的底線在哪裡，提出這樣的要求會不會讓你感到困擾，最後連簡單的小事我也要反覆考慮才提出來……我們明明是最好的朋友，需要這樣小心謹慎，不覺得很荒謬嗎？」

「你偷喝酒嗎？」

「沒有，反正你喝那麼多也差不多到可以誆騙你『這一切都是你夢到的』。」

徐子凡伸手想拿洋芋片手卻被張景佑拍掉，張景佑擺出一臉「絕對不分給你」，抬起腳把一邊的巧克力棒推給徐子凡，徐子凡瞪了他一眼但還是接了過來。

真難吃。

被酒精麻痺的味覺吃什麼都難吃。

徐子凡一口氣把張景佑的傑作喝掉。真是可怕的混合物。他把薄荷糖吐了出來。

「我喜歡韓凜。」

「我大概猜到了，你應該也預想到我的回答了吧？」

「嗯。」

「那你應該也能猜到接下來我要做什麼吧？」

「什麼？」

張景佑猛然站起身，一把扯起徐子凡的衣領，絲毫沒有客氣或者控制力氣的意思，用力的朝徐子凡左臉揮去，沒有預備的徐子凡承受不住突來的猛烈衝擊而狠狠的摔向地板。

徐子凡吃痛的掙扎起身，視野有些模糊，腦袋的脹痛和臉頰的疼痛雙向夾擊而來，站立著的張景佑一臉緊繃的瞪視著他，他有些不穩的站了起來。

「你現在是瞧不起我嗎？」

「景佑……」

「非得要你的退讓我才能談戀愛嗎？」

「我不是——」

「不是什麼？不管你考慮的是什麼，結果就是讓人不爽，很不爽，徐子凡，你不只瞧不起我，也瞧不起韓凜的感情，甚至你自己的感情，該死的，越說越氣——」

張景佑抓起床上的枕頭筆直的往徐子凡腦袋砸去，他踉蹌的又跌往地板。

徐子凡不合時宜的笑了出來。

「不管我考慮的是什麼，結果就是傷害到了你和韓凜……」

張景佑深深的嘆了一口氣。

不只是徐子凡，他也是。明明是那麼想保護的人，卻由於自己的選擇傷得對方那麼深。

他不想再重蹈覆轍了，無論是他，或者徐子凡。

「還記得我問過『你知道真正的傷害是什麼嗎？』，就是一個人試圖吞下所有的傷害，所以另一個人，或者身旁的所有其他人，都必須跟著假裝那裡從來就沒有傷口。」張景佑痛苦的閉起眼，淚水隨之滑落，「那也是我所犯過的最大的錯。」

「你只是想保護我……」

「嗯，我只是想保護你，也想保護自己，但無論出發點是什麼，錯也不會因此就不是錯，子凡，我已經累了，我想你也一樣累了，所以我不想再假裝自己沒事，我很痛苦，對於必須放棄夢想的這件事我很痛苦，但就算你問我一千一萬遍，我還是會告訴你，徐子凡我不後悔，就算痛苦我也從來沒有後悔過。」

「但是我後悔，我真的很後悔——」徐子凡費力吸了一口氣，「你的人生，如果不是因為我……」

張景佑忽然走近一步再度朝他臉上揮了一拳，帶有腥味的溫熱液體緩慢的滲出他的嘴角，徐子凡卻感覺心底的某部分陷落滾入了某些什麼。

他注視著張景佑，能清晰感覺到張景佑很憤怒，非常的憤怒。

——我和你之間終於、能夠像這樣清清楚楚的表現出自己的情緒了。

徐子凡的淚水也不自覺流了下來。

「那只是我人生的選擇之一，而不是我全部的人生，徐子凡，不要自以為你害我失去了人生，我沒有這麼沒用，就算是我最重視的鋼琴，但就算沒有我也不會萎靡不振，少瞧不起我了。」

「對不起……」

「你是該道歉，你這輩子就準備為了你瞧不起我而贖罪吧，我會好好的折磨你，比以前更加賣力的折磨你——」

「好吧，只要你不拋棄我就好。」

「就算討厭你也還是愛你，這件事你就好好得意吧。」

「難怪我表姊會要我好好確認你的感情……」

張景佑踢了徐子凡一腳，方才熾烈的憤怒忽然全沒了，胸口有些空空的，長久以來鬱積在體內的沒想到居然如此輕易的被排出。折磨自己的果然就只會是自己了。

「對不起……」張景佑緩慢的說著，「我以為只要假裝沒事就真的會沒事了，為了懲罰我的天真，結果兩個人都這樣受罪……」

「我也是共犯，對不起，就連沒能跟你說對不起的事也得說對不起……」

「我以為會更加艱難一點，沒想到居然只是這樣。」

「把我送進醫院才算是轟轟烈烈嗎？」

「我會當免費看護。」

「不需要。」

「那麼韓凜呢？」

「嗯……」

「這件事跟我沒有關係，不要找我商量，我是真的喜歡韓凜，正因為如此你才更不應該退讓，這種程度的事你的小腦袋應該會懂吧？」

「嗯。景佑——」徐子凡疲倦的閉上眼，韓凜的臉龐隱約的浮現，「對不起，還有、謝謝你。」

張景佑沒有多說什麼，而是在徐子凡身旁躺下，如同他曾經說過的，這或許真的是一種註定，倘若他和他之間沒有韓凜的出現，也許纏繞住彼此的結永遠都解不開。

他的感情，就當作是一種代價吧。

「疼痛也是一種青春啊。」

「嗯，真的很痛。」

「我心痛，你身體痛，這樣很公平。」

「你去把桌上的酒喝掉吧。」

「為什麼？」

「那些差不多是一整個星期的打工費，不能浪費。」

「不要。」

「真不夠朋友。」

「你知道你第一次對我說這種話嗎？」

「我喝醉了。」

「真有用。」張景佑開心的笑了出來，「這樣像不像青春戀愛喜劇？」

「我跟你之間沒有戀愛。」

「這也是可以培養的。」

「不必了。」

「真會傷人的心。」

「景佑。」

「做什麼？」

「我要睡著了。」

「睡吧，我不會偷打你的。」張景佑頓了幾秒鐘，趁著徐子凡的意識更加渾沌的縫隙，「你很喜歡韓凜嗎？」

「很喜歡。真的很喜歡。喜歡到我的心臟都像要被撕裂一樣……」

「那韓凜跟我，你比較喜歡誰？」

「不知道……就是沒辦法決定才會那麼痛苦……」

張景佑側過頭，望著逐漸睡著的徐子凡側臉，他伸手捏了捏徐子凡的臉，「韓凜絕對是重視內涵的那種類型——」

「我有聽到……」

「你在作夢啦。」

「是嘛……」

頭好痛。

徐子凡扶著腦袋勉強坐起身，花了一段時間讓視野從模糊轉為清晰，而這期間他的記憶也逐漸復甦，身體的疼痛也跟著襲來，徐子凡終於站起身，而張景佑不在房間裡。

「我現在不想面對一臉慘樣的人生勝利組，順便把冰箱剩下的半罐牛奶喝掉。」

徐子凡快速讀了桌上的紙條，他揉了揉太陽穴，一點用處也沒有，接著他打開冰箱一口氣灌下冰牛奶，他也說不上來這到底算是緩解還是加劇他的頭痛，但總之他終於完全清醒了。

他把紙條收進背包裡。

不知道為什麼，徐子凡總有種想紀念這一瞬間的感覺，先行離開是張景佑的體貼與理解，也許一睜開眼就看見他的身影，徐子凡又會下意識披上偽裝的顏色。人的習慣沒有那麼容易改變。

「我要去驗傷。」

徐子凡傳了訊息給張景佑，回覆的速度比他想像的還要快。

「你昨天喝醉自己跌倒撞到桌角，不要誣賴我。」

「是嗎？」

「你覺得法官會相信一個醉漢的印象，還是一個只喝半瓶調酒的人的證詞？」

「我要回去了。」

「記得鎖門。」

「星期三我會去。」

「不來你就死定了。」

徐子凡把手機扔進背包裡，想見韓凜的衝動突然湧了出來，真的非常突然，明明沒有觸發點也沒有任何前提，那衝動就這樣從身體內部竄出；徐子凡深深吸了口氣，走進浴室用冷水拍打臉頰，抬起頭時目光迎上憔悴的不成人形的臉，他甩了甩頭，暫時打消了衝動。

就算韓凜不怎麼在乎外貌，但是——

不對，他明明就長得沒有多差，就只是普通的程度，怎麼身旁的人都要這樣打擊他？

是沒錯啦，韓凜有點漂亮，好吧，是比有點漂亮還要稍微漂亮一點，但這也不能構成數落他外表的條件啊……這世間的人實在是太糟糕了。

徐子凡抹去臉上的水漬，用力拍打自己的臉，他終於有點心力來端詳自己，好像有點……不修邊幅，大概是這種程度的形容，他耙了耙頭髮，想不起來自己有多久沒有剪頭髮，臉色也很陰鬱，他努力瞪大雙眼，佈滿血絲的模樣實在是……

「這能當作韓凜對我完全是真愛的證明嗎？還是說，她的審美觀有一點問題……不對，我長得也不錯啊，稍微剪一下頭髮，好好睡個幾天讓氣色恢復紅潤，再——」

電話響了。

徐子凡走出浴室翻找出手機。是審美觀有一點問題的韓凜。

「喂？」

「店長問你有沒有空？」

「有什麼事嗎？」

「不知道。」

「下午可以嗎？」

「嗯，店長應該無所謂，反正他都在店裡。」

「韓凜……」

「做什麼？」

「沒事。」

「那我掛電話了。」

「韓凜。」

「又怎麼了？」

「只是想喊一下。」

「無聊。」

「韓凜……」

「徐子凡，你再喊一次我就請店長修理你。」

「妳覺得我跟景佑誰比較……比較好看一點？」

「當然是張景佑。」韓凜的回答沒有任何猶豫或者停頓，「就算我喜歡的人是你，也沒辦法睜眼說瞎話。」

接著電話被乾脆的掛斷了。

韓凜的審美觀沒有什麼問題。徐子凡心情不佳的確認了這個事實，視線不經意落在書桌上他和張景佑的合照，張景佑笑得非常陽光燦爛，而他的嘴角靦腆的揚起，算了，徐子凡吐了口氣，還是走自己的路比較適當。

靦腆的變態。

不是，是靦腆的少年。

徐子凡吐了口氣，不知為何居然有點慶幸韓凜是重視內涵的類型——

22

「變態君你今天長得有點不太一樣。」

「剪頭髮了啦。」

店長扯了扯徐子凡修剪得有點過短的瀏海，「太清爽了讓人感覺有點不舒服。」

「你知道這段話很矛盾嗎？」

「不矛盾的人生一點也不有趣。」

「不要拉我的頭髮啦。」

「變態君。」

「做什麼？」

「基本上我不懂的事情很少，但這次我真的不懂。」

「什麼？」

「你跟小凜。」店長一把扯住想往後退的徐子凡，瞇起眼不容他躲開，「撲朔迷離。真是讓人想撥開來看的狀態。」

「你才是變態吧，就為了這個特地叫我過來嗎？」

「反正你很閒。」

「你真的是——」徐子凡奮力掙脫店長的箝制，不悅的瞪了店長一眼，眼前這傢伙破壞了他睡美容覺的計畫，而且韓凜出現看見他這副慘樣的機率大到不行。「我要回去了。」

「小凜等一下會來。」

「這樣我就更應該快點離開。」

「雖然機率小於零點零零一，但可能性這種東西……不會是最不可能的那種可能吧？」

「聽不懂你在說什麼。」

「該不會，是你三振小凜吧？」店長突然擺出毛骨悚然的表情，「不可能，絕對不可能，我們小凜的人生不可能會有這種汙點，算了變態君你快點回去吧。」

「什麼叫做汙點？」

「我實在很不想傷害你，但是，這說出去你覺得有人會相信嗎？」店長拍了拍徐子凡的肩，「這世界呢，重要的不是真相而是相信，只要沒有人相信，就等於不是真的。」

「謬論。」

「要實驗看看嗎？」

「不需要。」

「變態君不喜歡小凜嗎？」店長撇了撇嘴，「怎麼可能，看你的臉明明白白就寫著『喜歡』啊……」

「不要自言自語。」

「那你說啊。」

「店長不是很清楚嗎？喜歡是我一個人的事，一旦牽起她的手，這不僅僅是我和韓凜之間的事，而是周圍更多他人都牽涉其中。」

「所以小凜是取捨之後的那個捨嗎？」

「不是。」徐子凡不自覺斂下眼，「一開始我也這麼認為，但經過一段時間後我才明白，我捨棄的並不是韓凜，而是我自己，韓凜很無辜，真的很無辜……」

「而且眼光也不是很好。」

「什麼意思？」

「字面上的意思。」

「你——」

門突然被推開，叮叮噹噹的銅鈴聲打斷了徐子凡的話語，他旋過身，踏進店內的是他預料之內也是意想之外的韓凜。

他好想她。

這瞬間徐子凡才明白，人真正的想念在不見之中醞釀，在終於見到的那刻才會徹底迸發。

「為什麼要這樣盯著我看？」

「果然是一臉變態樣。」

「我要回去了。」

「既然都來了，順便幫我把吧檯擦一擦吧，小晴身體不舒服我讓她先回去了，正煩惱討厭碰水的我該怎麼辦才好呢。」店長又粗魯的扯住徐子凡將他往後甩，「小凜是特地來代班的，總不能讓她太過勞累，就這樣決定了，我回去睡午覺了。」

店長就這樣走了。

彷彿蓄意一般，留下他和韓凜。

徐子凡眼角餘光瞥見店長夾帶出「休息中」的掛牌，拉回視線對上沒什麼表情的韓凜，有很多話想說，卻一個字也擠不出來。

「你要一直擋在路中間嗎？」

「韓凜。」

「就算你當面問，我也還是覺得張景佑比你好看。」

「已經知道答案的事就不用再說一次了。」

「但很多時候人就算知道答案卻還是需要反覆的確認，只有這樣才能讓自己相信，也才能讓自己接受。」

「如果……」徐子凡暗自吸了口氣，「如果得到了不一樣的答案，那麼妳……」

「你想說什麼？」

「我……」徐子凡責備著自己的吞吞吐吐，儘管預想著明快的結果，卻又不自覺的擔憂起來，「下次再說……」

「不要拐彎抹角。」

「我去擦吧檯。」

「徐子凡。」

韓凜大概是被店長帶壞了，居然伸手扯住徐子凡的襯衫，他不敢太過用力，韓凜也沒有鬆手的意思，結果就是兩個人在店中央僵持不下。

「我需要一點時間。」

韓凜沒有預告便猛然鬆手，徐子凡一個踉蹌差點失去平衡摔倒在地。

果然女人都是殘暴的生物。當然他沒有跟韓凜分享自己的感想，他又看了韓凜幾眼，隱約的幸福感逐漸醞釀，他的唇邊不自覺泛開了淺笑。

非常溫柔的淺笑。

韓凜別開眼，深怕自己被徐子凡的笑蠱惑，她以為只要一次又一次確認徐子凡的答案她的感情便會一點一點蒸發消弭；然而她終究是太過天真，每記憶一遍他的身影，她的心便又多陷落一些。

她總想著人的心總會到底的，卻開始害怕或許人的感情永遠無法抵達盡頭，如同方才韓凜的拉扯，在她腦海中演練過成千上萬遍的拉扯，幾乎像是種反射動作，每一次她都必須花費更大的精神來壓抑自己的衝動與感情。

安分的待在原地才能讓徐子凡不走遠。

「韓凜……」

「又怎樣？」

「景佑的事，」徐子凡抬起眼認真的注視著韓凜，「願意聽嗎？」

「如果你願意說的話。」

徐子凡深深吸了一口氣，斂下眼注視著自己雙手的開與握，隔著一段距離的韓凜安靜的凝望著他，沒有催促也沒有任何驚擾。韓凜明白，要掏挖出內心深處的秘密、或者傷口是多麼艱難的一件事。

「高中的時候我和景佑發生了車禍，我只受了一點皮肉傷，但景佑傷得很重，雖然現在看起來沒有異狀，日常生活也沒有任何問題，但正因為如此，我和他都拚命假裝著一切都很好。景佑他……」徐子凡的話語有明顯的停頓。

他不自覺握緊雙手。

「他的鋼琴彈得很好，不僅有天分而且犧牲了很多玩樂和休息的時間努力練習，他練習鋼琴的時候我常常在旁邊讀書，聽著他反反覆覆的練習、修正，光看就覺得非常辛苦，但景佑總是很開心，總是興奮的說著『我想在國家音樂廳開獨奏會』，但他的夢想因為我而破滅了……他的手，雖然彈鋼琴應該是沒有問題，但那已經不是一雙能夠成為鋼琴家的手了……」

韓凜緩慢的走近徐子凡，沒有說話，只是將手輕輕覆蓋上徐子凡緊握的雙手。冰涼的觸感傳遞到徐子凡的心底，他的劇烈翻攪的心緒稍微安定了些。

「我們都很清楚，就這麼明擺著的事，但景佑為了不讓我感到負擔所以用著無所謂的輕快表情面對我，而我，因為太過膽小所以跟著佯裝沒事，就好像他只是突然對鋼琴沒了興趣……明明是不堪一擊的謊，我和他卻拚命的相信那是真的……

「我知道推開妳並不會改變什麼事實，甚至景佑也不會因此就更加幸福，說到底就是我太過自私又太過懦弱，因為什麼都沒辦法替景佑做，也沒辦法彌補他，這些年來甚至讓他更小心翼翼的顧慮我的感情……所以至少，至少我不能得到幸福，何況是他也想得到的……」

徐子凡終於將目光定著在韓凜臉龐，她的雙眼之中沒有責難也沒有同情，韓凜抬起手輕輕碰了他的臉頰，冰冰涼涼的，接著她泛開淡淡的笑容。

由於她的笑，徐子凡熱燙的眼淚居然就這麼安靜的滑落。

「如果你不得到幸福的話，怎麼對得起張景佑呢？」

「我……」

徐子凡知道。

這一點其實徐子凡比誰都清楚，但他跨不過那道坎，他的內心深處最想欺騙的不是哪個人，而是他自己。

所以張景佑才會那麼憤怒，甚至狠狠揍了他幾拳。

「我知道。」

「知道就好。」

「韓凜。」

「嗯？」

「謝謝，還有對不起。」

韓凜和徐子凡又陷入了相當微妙的處境。

她和他肩並肩走在燈光昏暗的小巷弄，沒有人開口打破沉默，彼此的手總會不經意擦過另一個人的，韓凜的心緒有些躁動，儘管一次又一次將自己的感情攤開平放，然而在徐子凡坦露之後她的心反而懸得更高。

像是，她和他應該會有些什麼，卻由於不確定而劇烈擺盪，韓凜甚至感到有些暈眩，她開始不明白，徐子凡的傾吐究竟是為了宣告他跨越了過去，又或者是想讓韓凜能夠乾脆的接受他的選擇。

她不懂。

但又拋不出問號。

「你的臉是怎麼回事？」

「景佑說我喝醉後跌倒撞到桌角。」

「看起來不像……」

「反正我也不是靠臉……」

「你說什麼？」

「沒什麼。」

「喃喃自語很沒有禮貌。」

「韓凜。」徐子凡毫無預告的停下腳步，「我剪頭髮了。」

「我有發現。」

「然後呢？」

「什麼然後？」

「總要有點感想吧。」

「有點不習慣。」韓凜不自覺蹙起眉，「跟你的形象不太吻合，好像、太清爽了一點……」

「算了。」

「又怎麼了啦？」

「沒事，宿舍到了快點進去，快點。」

韓凜對於徐子凡像是鬧彆扭的態度感到相當不解，她瞇起眼，興起惡作劇的念頭，於是伸出食指用力的往他臉上的瘀青按去。

「很痛耶，妳做什麼啦？」

「確認一下是不是跟看起來的一樣痛。」

「妳是在報復嗎？」

「你什麼時候做出會讓我報復的事嗎？」

「我……」徐子凡摸著嘴角旁的腫痛，視線定格在韓凜美好的臉龐，他突然感覺這樣的瞬間是多麼奢侈，「我好喜歡妳。」

「你、你……」韓凜努力想拼湊完整的句子卻還是只能擠出頭一個字，最後她乾脆的放棄了。「我要回宿舍了。」

明明不久前還毫無顧忌的說出「我喜歡你」這樣的話語，但此刻的韓凜卻相當不知所措，她一點也不擅長這樣的場景，於是下意識的轉身想跑回宿舍；然而才剛移動，右手就被徐子凡扯住。

接著她就跌進徐子凡的擁抱裡。

「我知道我很自私，推開妳又拉著妳，所以妳要怎麼欺負我都沒關係，但我不會放手，一次就夠了……韓凜，謝謝妳沒有離開，謝謝妳還在這裡……」

「我可能還是會走的，只是在放棄之前你先拉住了我，所以，謝謝你回過頭來重新望向我。」

徐子凡輕輕將韓凜拉開。

「我一直都沒有移開視線，」他認真的注視著韓凜，「尤其是妳跟景佑和樂融融的時候，我看得特別仔細。」

韓凜笑了出來。

「還笑。」

「你的目的不就是我跟張景佑相親相愛嗎？」韓凜再度出手攻擊徐子凡的瘀青，「而且我跟誰相處愉快關你什麼事？」

「就說了很痛——」

「仔細想想，張景佑長得又帥、人又爽朗，而且還很體貼溫柔，對啊，我沒道理把他晾在一邊啊，你說對吧？」

「不對，當然不對。」

「哪裡不對？」

「重要的是內涵。」

「張景佑沒有內涵嗎？」徐子凡沒辦法反駁，雖然想以內涵取勝，但對方是張景佑，他只能把話吞進去，「我覺得他滿有深度的啊。」

「感情是不能比較的。」

「但是可以選擇。」韓凜認真的點了頭，充滿惡意的盯著徐子凡，「這點你應該非常清楚。」

「韓凜……」

「放開我，我要回去了。」

「韓凜！」

韓凜乾脆的拍開徐子凡的手，全然不理會徐子凡的叫喚逕自轉身走回宿舍，韓凜抿著唇努力忍住笑意，站在原地的徐子凡有些無奈的笑了。

大概這就是戀愛青春喜劇吧。

沒完沒了又不乾不脆，身處其中的人們卻一點也沒有抽身的意思。

徐子凡幽幽的嘆了口氣。

「看來只能負荊請罪了……」

天空相當清朗，日光輕輕暖暖的，韓凜緩步往圖書館前的階梯走去，不打算驚擾閉起眼像是在思索些什麼的張景佑，但他還是在韓凜停下腳步之前睜開了眼，給了她一個淺笑。

韓凜在他的身旁坐下。

「一開始覺得妳坐在這裡曬太陽很奇特，但體驗過一次兩次之後好像能掌握到些什麼了。」

「例如什麼？」

「蒸發。」張景佑輕輕的笑了，「腦袋裡塞滿的思考有某部分會被抽離，留下自己最想逃避，卻最應該直視的部分。」

「所以嘉綺總是說我自虐。」

「這也沒有說錯。」

韓凜揚起微笑，那笑擴散到張景佑的心口，他的目光揉進些許複雜的流光，張景佑從記憶的夾縫中來來回回的翻找，卻沒有任何關於韓凜如此的弧度。

「妳笑起來很好看。」

「謝謝。」

「我揍了子凡好幾拳，看到妳的笑之後我有點後悔，」張景佑擺出可惜的臉，「應該多揍幾拳的。」

韓凜聳了聳肩。

「補揍幾拳也是可以的。」

「真是狠心。」

「這是徐子凡活該。」

「還是算了，我可不想讓他有理由尋求妳的安慰，雖然我表現出一副豁達的樣子，但我根本沒有這種恢宏大度。」張景佑抬手抹去額際的汗霧，「真是慶幸我的演技不錯。」

「你果然比徐子凡成熟多了。」

「打算改變心意了嗎？」

「我也很懊惱。」韓凜皺起鼻子，搖了兩下頭，「不管從哪個角度來看你絕對完勝徐子凡，但怎麼會這樣呢？我還認真檢討了自己的眼光呢。」

「這也算是一種命中註定。」

「對吧。」

韓凜和張景佑交換了眼神，兩個人都愉快的笑了出來，張景佑的心有一點痛，卻又有更多的欣慰；他很喜歡韓凜，但這份喜歡比不上對徐子凡的在乎，更何況，他的目光定格在韓凜美好的側臉，眼前的這個女孩打從一開始就沒有考慮過他。

事實上他也沒失去些什麼。

「為什麼這樣看我？」

「把握機會。」張景佑的話語揉進撫過的風中，「趁這份喜歡還被允許，也趁著我還喜歡妳，這時候的韓凜在我記憶中會是最漂亮的模樣。我當然要好好記下來。」

「這樣以後你就會覺得我變難看了。」

「這也沒辦法。」張景佑無奈的聳肩，「現實總是殘酷的。而且因為妳沒得到我，所以妳會永永遠遠的覺得我很帥氣迷人，而且是子凡絕對追趕不上的那種帥氣。」

「嗯，這點我沒辦法否認。」

「我覺得心情好多了。」

「心情鬱悶的話可以多揍徐子凡幾次。」

「妳確定妳真的喜歡他嗎？」

「喜歡。」韓凜毫無猶豫的肯定了他的問句，露出惡作劇般的笑容，「但他可是想把我推給你耶，就算你真的比較好，也不能這樣吧。」

「妳很溫柔呢。韓凜。」

「嗯？」

「在我認知裡的韓凜不會用這種方式和我交談，有種微妙的落差，有一點美好，卻也有一點惆悵，像是『失去才能夠得到』的體現。」

「修過〈生命與人〉之後說話都會變這樣嗎？」

「很有可能。」

「真是有影響力的課。」韓凜抬起手做了個小幅度的伸展，「今天的陽光很舒服。」

「是適合記住某個人同時忘卻某個人的天氣。」

韓凜突然坐正身子，正經的面對張景佑，朝他伸出右手。

「你好。」

「嗯？」

「我是韓凜，很高興認識你。」

「真巧，我也喜歡過一個叫韓凜的女孩，看來我們應該能成為好朋友。」張景佑扯開笑，回握住韓凜有些冰涼的手。「忘了說，我叫張景佑。」

「張。景。佑。我會好好記住。」

張景佑先鬆開手，站起身恰好替韓凜掩去了陽光，她抬起頭望向他，還來不及起身張景佑的聲音便落了下來。

「我差不多該走了。」

「嗯。」

「下次見面我再介紹我最好的朋友給妳認識吧，妳可能會對他有一點興趣。」

「我會期待。」

「那我就先走了。」張景佑放緩了語調，「下次見。」

「好，下次見。」

張景佑的笑始終掛在他的唇邊，他以爽朗的姿態轉身，帶著屬於他的影子一步一步踏進日光裡，韓凜沒有移開眼，而是更加仔細的記憶住他的背影。

陽光輕輕暖暖的，但不知不覺韓凜的額際也滲出了汗水，她的心底有些什麼感想卻又說不上來，只感覺是不輕不重的什麼，她想，也許再過一陣子，她或許就能明白了吧。

韓凜一推開門就迎上跪坐在椅子上的徐子凡，一旁還有一臉張狂寫著「我就是要進來攪和」的店長，差一點她就轉身離開了；但是沒有辦法，韓凜是來工作的。

還是裝作沒看見比較好。

「變態君你被無視了。」

「就說了這絕對不是好方法。」

「但很有戲劇效果。」

「到底是為了誰？」

「當然是為了觀眾啊。」店長根本不顧徐子凡處於跪坐而且腳麻的狀態，站起身將全部的重量壓在徐子凡肩上，「換第二招吧。」

「不要壓著我，哪來的第二招啦？」

「快哭。」

「哪能說哭就哭，再說我到底為什麼要哭？」

「因為我想看。」店長愉快的伸出食指與中指，逼近徐子凡的雙眼，「我可以幫忙。」

「不要靠近我。」

徐子凡忍耐著發麻的雙腿，艱難的站起身，沒有忘記用力瞪了店長一眼；在不遠處「觀賞」的韓凜不自覺蹙起眉，完全沒有參與其中的意思。

天知道那兩隻雄性生物在圖謀些什麼。

「不然你去穿蓬蓬裙吧，一旦產生了喜感，小凜的氣自然就會消了。」

「你只是想滿足自己的變態趣味吧。」

「反正你就是變態啊。」

「我不需要你了。」徐子凡甩開店長的糾纏，「現在是店長的午休時間，快回家睡覺。」

「今天我精神非常好。」

「你精神太好會讓我精神不好。」

「這句話聽起來挺曖昧的……」

「不要擅自腦補。」

「即使你箝制住我的身體，也不能控制我的思想——」

「回去睡你的覺啦。」

徐子凡不由分說的將店長推到門邊，接著打開門，又耗費了幾分鐘才把店長推出去，他知道店長不是容易死心的類型，但店長還是回家了。八成是回去構想更多折磨他的點子。

他旋過身，偷覷著站在吧檯後折著抹布的韓凜，突然她抬起眼，兩個人的視線就這麼不期然的對上。徐子凡稍微整理心緒後便果決趨前。

「韓凜。」

「做什麼？」

「有什麼需要幫忙的嗎？」

「自己找事做。」

「妳還在生氣嗎？」

「生什麼氣？」韓凜擺出納悶的表情，但眼底卻冷冷的，「最近有發生什麼值得讓人生氣的事嗎？」

「沒有。」

徐子凡用力的搖頭。

但他旋即屈服於韓凜顯得更冷的注視。

「走開。」

徐子凡順從的往後退了兩步，在那兩步的移動之間有些什麼新的念頭竄進了他的腦袋，於是他又往前走了兩步，幾秒鐘前預備求得原諒的表情已不復見。

他想起韓凜是特別傲嬌的那種類型。

「我為什麼要走開？」

「你——」

「韓凜的身邊就是我想待的地方，既然是我想待的地方，就算被趕我也會拚了命的留在原地。」徐子凡堅定的看著韓凜，「我做過一次錯誤的選擇，得到第二次的機會我非常感激，所以不會再輕易的退讓了。」

韓凜咬著唇，心臟忽然跳得很快。那不是她能掌控的速度。

她低下頭，不發一語死盯著深藍色抹布，雙手一邊蹂躪著抹布，不知何時徐子凡已經來到她的身後，韓凜感覺到屬於徐子凡的存在，她忍不住突然的輕顫。

徐子凡從身後擁住了她。

他在發抖。韓凜花了一段時間才察覺這個事實，不知為何她反而冷靜了下來。她和他都不知所措，明明離得那麼近，卻正因為靠得非常近，反而不懂得如何走到對方的面前。

「韓凜，我喜歡妳。」

「我……」

韓凜想說些什麼卻搜尋不著適當的話語，她安靜的深呼吸，最後將手輕輕疊放上他的，將所有的言語化作具體的施力。

時間像是要定格一樣，她和他陷在某個柔軟的縫隙，讓人的心不自覺顫動卻又帶點不知所措，並不是讓人討厭的狀況，只是不知道該以什麼樣的姿態開始下一個動作，於是只能卡在原地。

最後徐子凡打破了停滯。

「怎麼辦，我覺得接下來又會很尷尬了。」

這次韓凜學到教訓了。

「你、你鬆開手之後進去廚房隨便做些什麼再走出來好了……」

「聽起來不錯——」

「你、你們……我什麼都沒看見，繼續，繼續——」

像犯下滔天大錯一樣韓凜和徐子凡飛快的往兩端跳開，徐子凡就知道店長沒那麼容易死心，以他如此的登場方式，百分之兩百他剛剛都躲在門外偷看，最後挑了一個最「適合」的時間點出現。

果然是變態。

韓凜找不到躲藏的地點只好原地蹲下，徐子凡嘆了一口氣，沒辦法只好轉身面對店長。

「喔呵呵。」

「夠了。」

「喔呵呵呵。」

「不要再繼續了。」

「年輕真好。」

「快點回去睡你的午覺。」

「這樣我怎麼睡得著。」店長曖昧的瞇起眼，「不過我還是回去好了。」

店長居然踩著輕快的步伐離去，徐子凡好無奈。

還有一個躲在流理台地下的韓凜。真是可愛。徐子凡不合時宜的感想又開始出現了。

「店長走了。」

「我要辭職。」

徐子凡跟著蹲下身，將韓凜扳向自己，「我們兩個人應該打得過店長吧。」

「店長會柔術。」

「嗯，看來我們得一起辭職了。」

韓凜突然伸出手拉住徐子凡，他以為她要說些什麼，但是沒有，出乎意料的她撲進徐子凡的懷裡。緊緊的扯住他。

像是她的答案一樣。

「店長好像還是有一點用處的……不要捏我，韓凜——」

「你，真的會待在我身邊嗎？」

徐子凡的手溫柔的撫過韓凜左頰，認真而誠摯的點了頭，「我會。」

「徐子凡，我喜歡你，就算你只有內涵我也還是喜歡你。」

「後面那句是多的。」徐子凡有些無奈的笑了，「而且內涵才是最重要的部分好嗎？」

「我打了電話給我哥。」

「嗯？」

「他很驚訝。」韓凜的視線落在與徐子凡交握的手，溫柔的笑著，「雖然我會接他的電話，但這是他離開後我第一次主動打電話給他。」

「說了什麼嗎？」

「沒有，準備了很多話，甚至也練習過很多次，但大概撥出電話的動作就已經耗盡了所有力氣，結果電話像是我哥打來的一樣，問了我生活的狀況，我就想辦法擠出聲音……」

「就算內容是一樣的，但完全不一樣。」

「是嗎？」

「嗯，要讓那樣的韓凜主動打來電話，簡直是……雖然妳瞪大雙眼感覺有精神多了，但不要勉強自己的眼睛比較好，也不要打我。」徐子凡揉了揉被打的肩膀，「妳絕對是被店長帶壞了。」

「我印象中的徐子凡也沒有那麼油嘴滑舌。」

「人是立體而多面的，單一的形象只是對方總是收集符合自己設定的線索，何況，我已經不是那個打結的徐子凡了。」

「真抱歉我還在打結。」

「韓凜。」徐子凡停下腳步轉身面對韓凜，「慢慢來就好。妳已經在努力了，妳哥也會看見這一點，所以沒必要勉強自己。」

「嗯。」

「我知道妳的聲帶偶爾會出現障礙，沒有關係，妳已經學會怎麼拉住一個人了不是嗎？」

韓凜在徐子凡的眼底瞥見屬於自己的倒映，她稍微加重了握住他的手的力道，徐子凡寬容的笑容裡包含了一切。

「星期日，你有空嗎？」

「想約我嗎？」

「我跟我哥約好要吃飯，你、你要來嗎？」

「這樣進展是不是太快了一點……」

「算了。」

「韓凜，做人不能那麼快放棄。」

韓凜抿起唇，索性撇過頭不看徐子凡，徐子凡好氣又好笑的看著韓凜孩子氣的動作，誰會想到堅強又獨立甚至拒人於外的韓凜實際上根本就是個長不大的孩子呢？

「那妳要怎麼跟妳哥介紹我？」

「認識的朋友……」

「朋友？」

「你以為我哥那麼笨嗎？」

「這跟妳哥聰不聰明沒有關係，也跟其他人看不看得出來沒有關係，韓凜，再問妳一次，我跟妳是什麼關係？」

「我要回去了。」

「真的要這樣是不是？」徐子凡放開兩人交握的手，擺出絕不妥協的表情盯望著韓凜，「妳要回去就回去吧，我還是會送妳到宿舍門口，但在妳打電話給我之前，我絕對不會先打給妳。」

徐子凡居然真的板起臉送韓凜回去，重重踩著腳步的韓凜一邊生著悶氣一邊卻又無比的懊惱，她很清楚徐子凡並非虛張聲勢，也很明白他的用意；她偷覷了眼面無表情的徐子凡，手指不自覺絞動著衣襬，大門就快到了，於是韓凜把步伐放得更慢了些。

「徐子凡……」

「嗯？」

「不要生氣……」

「我沒有生氣，只是心有點痛，」徐子凡拍了下自己的左胸，「妳要安慰它嗎？」

韓凜抬起眼凝望著徐子凡好一陣子，在昏黃燈光下他的臉龐顯得有些朦朧，讓韓凜有種非得確認不可的強烈感受；最後她往前踏了一步，將臉輕輕貼在徐子凡的胸口。

他的心跳好快。

「星期日你會陪我去嗎？」

「韓凜，這樣太卑鄙了。」

「為什麼？」

「這樣我怎麼拒絕妳？」

「那你還生氣嗎？」

徐子凡嘆了一口氣，抬起手懷抱著韓凜，他將下巴輕輕抵在她的頭上，感受著韓凜的溫度。徐子凡撫摸著韓凜柔順的黑髮，真不知道她究竟是擅長或是笨拙。

但總之，他是贏不過她的。

「這樣我還怎麼生氣？」

「徐子凡。」

「嗯？」

「我哥會跆拳道。」

「這種事應該一開始就先說——」

「我今天把申請書送出去了。」

「什麼申請書？」

「交換學生。」張景佑輕輕拍了徐子凡的肩膀，揚起一貫的笑容，「挪威雖然有點遠，但我還是會每分每秒把你放在心上。」

「不需要替我留那麼多位置。」

「沒有想對我說的話嗎？」

「有，很多，但多到一種程度反而不知道該從哪裡作為起點了。」

「是這樣沒錯。」

「景佑。」

「嗯？」

「是因為我和韓凜嗎？」

「這我沒辦法否認，但事情從來就不只有單一因素，我需要時間沉澱，靠得太近會讓一切變得太過困難，距離有些時候是必要的。我和你也是，暫時生活在沒有對方的時空當中，或許能把彼此看得更清楚。而且我一直很想去挪威。」

「那裡很冷。」

「多穿一點就好啦。」張景佑伸出手勾住徐子凡的脖子，整個人親暱的湊近他，「開始捨不得了嗎？」

「是有一點。」

「雖然希望你能坦率一點，但太直接我的心臟有點承受不住呢。」

「我印象中你的心臟很強壯。」

「是這樣沒錯。」

徐子凡忽然伸手攬住張景佑，給了他一個結實並且強烈的擁抱，透過那擁抱傳遞許許多多無法化為言語的感情，張景佑拍了拍他的背，是回應，也是理解。

「你知道我只是送出申請書而已嗎？」

「什麼？」

「到時候沒申請上就有點尷尬了。」

「那我就會當作是你在欺騙我的感情。」

「子凡。」

「嗯？」

「雖然說過很多次，但我還想再對你說一次，我沒有後悔，連一個瞬間也沒有。」

「難怪韓凜會懷疑我和你的關係。」

「這也是你該處理的問題。」張景佑很沒同情心的搖了搖頭，「你最好先準備好對策。」

「什麼對策？」

「『張景佑和韓凜之間你比較喜歡哪一個？』如果我或者韓凜哪天追著你要答案，嘖嘖，不知道我們家子凡會給出什麼回答呢？」

「知道審查委員是哪幾個教授嗎？我幫你去賄賂他們。」

「在那之前先對我好一點吧，就當作我會通過申請。」

「就算你沒通過，我也還是會對你好。」

「啊、看來我的心臟真的要好好鍛鍊了。」

「景佑，我很愛你。」

「到此為止。」張景佑伸出手制止了徐子凡，「如果你是想讓我明白過去你的感受，現在我能體會了，你還是把部分的愛分給你一直注意著的拉不拉多好了。」

「也是，我最近好像太冷落牠了。」

張景佑瞥了徐子凡一眼，兩個人都笑了出來。

「能像這樣沒有顧慮的說話滿好的。」

「還能順便鍛鍊心臟。」

「而且沒有必要喝難喝的酒精混合物。」

「也能省下打工費。」

「放著這麼多的好處我們兩個也實在是腦袋有問題。」

「是啊。」

「幸好我們還沒走得太遠。」

□

幸好，在還能拉住你之前我就先伸手拉住了你。

後記

這篇故事的走向和我初擬的大綱有著相當大的差異，有許多預定出場的人物並沒有登場，縱使是相當重要的張景佑也沒有佔用太多篇幅；起初的架構複雜許多，但最後還是決定簡化情節，回歸到韓凜以及徐子凡本身。她和他的人生與彼此的交錯，才是最主要的部分。

我改過幾次設定，起初預定「徐子凡為了讓韓凜死心而和另一個女孩交往」、接著改為「韓凜想讓徐子凡知道因為他的退讓會讓三個人受多少的傷而選擇張景佑」，如此的情節比起定稿更有戲劇性，對於作者本人也相對輕鬆，然而這就悖離了我所以為的徐子凡與韓凜了。

徐子凡有些優柔寡斷、又有點鬼打牆（特別關於張景佑），但他相當細膩又非常溫柔。韓凜有點傲嬌，起初甚至有點自我中心，但她稍微想通之後願意嘗試同時願意改變。感情不是簡單的「我喜不喜歡你」，而是一次又一次的選擇與成長。在故事裡徐子凡因為理解而溫柔有耐心的拉住韓凜，讓韓凜能夠緩慢的離開長久陷落的窟窿，但兩個人之間韓凜比較柔軟、成長的速度也比較快，於是她回過頭試著拉徐子凡一把。這樣的韓凜與徐子凡，怎麼可能會為了自身的感情而拉著另一個無關的人下水呢？

長久以來我很清楚某部分的讀者對於我故事中角色「過於理性冷靜」有所議論，認為愛上一個人就想擁有、想得到所以會往前衝，許多人物的忍耐與退讓並不合理，這是個人的想法通常我會參考但不會多做說明，只是這一次由於情節更動多次，突然想藉此來闡述這一點。

想得到是一種人性，但忍耐也是一種人性，大多時候感情沒有那麼明快，也不是每個人都有犧牲自己成全他人的精神力，寶寶想保全阿杰卻還是有意無意的扯住他（《太近的愛情，太遙遠的你》），小茜喜歡梁允樂卻卡在友情與愛情兩者（《背對背相愛》），楊修磊義無反顧的往前衝，那為什麼艾珍會做出令大多數讀者不滿的選擇呢？（《我們之間，隔著名為愛情的距離》）

我很不想這麼說，但大多數人想追求的轟轟烈烈（阿磊式的愛情），在現實生活中是不是就是一種楊修磊的自私呢？況且有某些人解讀艾珍想保全兩人的愛情而捨棄愛情太過夢幻，但這也是一種劉艾珍的自私，同時更重要的是「需要」，在兩個人之間誰比較需要自己，這甚至比愛情的有無影響更大，而大學時期趙芹亞的逃離是一種沒有自信，而任博淵的沒有拉住是一種過度自信（《不真心告白》）。有太多的人，即便喜歡的對象單身依然選擇單戀，想著「我配不上他」、「對方不會喜歡我」或是其他許許多多的什麼，比起想得到愛情，更多的人想保護好自己的感情，因為是現實，所以必須考慮的事太多，但我也不認為因為是故事所以能簡略掉些什麼。無論如何這也只是我個人的抉擇。

回到韓凜與徐子凡。我希望愛帶給人的是一種成長與溫暖而非磨損，所以我的故事裡許多角色都會先受一點傷，因為感受過痛，所以才能考慮「對方是不是也會這樣痛」；不能否認其中確實含藏著我的私心與理想性，但如果有能讓多數人都不會太痛的選擇，捨棄一點戲劇性我仍舊不會感到可惜。（出版社實在太好了）（笑）

再者，故事反映了作者本人的想法與經驗，我沒辦法否認我的感情上有某種缺乏，許多角色的割捨在我的認知裡是很輕易的事（當然這件事我已經被很多友人「糾正」過了），從小我也時常被說「人哪能把感情跟事情分那麼開」，明快的解決事情反而被指責無情，因此很多時候揣想角色對我而言也是一種學習（知道我寫小茜時有多痛苦了吧），我也希望往後能揣摩更多不同類型的角色，這一切都需要更加努力。

這篇後記很長，所以耐心看完的人才會看到我很愛大家的這段話喔。我也很感激有很多讀者留言告訴我「因為讀了故事所以讓我想通某些什麼」，大概憑藉著這些才讓我更能理直氣壯的任性吧。

Sophia

流轉，愛

REDEMPTION OF LOVE

國家圖書館出版品預行編目資料
流轉，愛／Sophia 著.
—初版.—臺北市：春天出版國際, 2015.06
面；公分.—（Sophia作品集；03）
ISBN 978-986-5706-64-7（平裝）
857.7 104006161

ISBN 978-986-5706-64-7
Printed in Taiwan

作　者　Sophia
封面設計　克里斯
內頁編排　三石設計
總編輯　莊宜勳
企劃主編　鍾靈

出版者　春天出版國際文化有限公司
地　址　台北市信義區信義路四段458號3樓
電　話　02-7718-0898
傳　真　02-7718-2388
E－mail　frank.spring@msa.hinet.net
網　址　http://www.bookspring.com.tw
部落格　http://blog.pixnet.net/bookspring
郵政帳號　19705538
戶　名　春天出版國際文化有限公司
法律顧問　蕭顯忠律師事務所
出版日期　二〇一五年六月初版
定　價　199元

總經銷　楨德圖書事業有限公司
地　址　新北市新店區寶興路45巷6弄6號5樓
電　話　02-8919-3186
傳　真　02-8914-5524

Sophia

作品集

03

Sophia
作品集
03